KB001137

회랑을 배회하는 양떼와 그 포식자들

* 이 도서의 국립중앙도서관 출판예정도서목록(CIP)은 서지정보유통지원시스템 홈페이지(http://seoji.nl.go.kr)와 국가자료공동목록시스템(http://www.nl.go.kr/kolisnet)에서 이용하실 수 있습니다.
(CIP제어번호: CIP2019013690)

회랑을 배회하는 양떼와 그 포식자들

1판 1쇄 발행 2019년 4월 24일
1판 3쇄 발행 2022년 6월 27일

지은이 · 임성순
펴낸이 · 주연선

(주)은행나무
04035 서울특별시 마포구 양화로11길 54
전화 · 02)3143-0651~3 ｜ 팩스 · 02)3143-0654
신고번호 · 제 1997-000168호(1997. 12. 12)
www.ehbook.co.kr
ehbook@ehbook.co.kr

ISBN 979-11-89982-07-2 (03810)

• 이 책의 판권은 지은이와 은행나무에 있습니다. 이 책 내용의 일부 또는 전부를 재사용하려면 반드시 양측의 서면 동의를 받아야 합니다.
• 잘못된 책은 구입처에서 바꿔드립니다.

회랑을 배회하는 양떼와

그 포식자들

임성순 소설

은행나무

차례

몰:mall:沒

전역하고 돌아온 집 마당이 낯설었던 건 봉선화가 피었기 때문일 것이다. 전투화를 벗어 마루 밑에 밀어 넣고, 고무신을 꺼내 신는 동안 슬레이트 지붕은 빗소리로 요란했다. 시멘트 블록 담 밑으로 작은 화단에 모처럼 핀 봉선화는 꽃잎에 맺힌 물방울의 무게로 고개를 자꾸 꾸벅거렸다.

"누나는?"

"일."

"복학 안 했어?"

"다음에. 재개발 시작하면 이사 가야 하고, 너 복학하려면 학비도 필요하고."

"내 학비는 내가 벌어."

"무슨 수로?"

나는 아버지가 남긴 고무신을 구겨 신고 괜히 화단 바깥에 두른 벽돌을 발끝으로 걷어찼다. 마당 한 귀퉁이의 시멘트를 깨고 벽돌을 둘러 화단을 만든 건 아버지였다. 정원을 갖고 싶다는 누이의 소원 때문이었다.

"뭘 하든."

"그래. 그럼 난 가게 가봐야 하니까 배고프면 부엌에서 알아서 챙겨 먹어. 전역 축하해."

굳이 마중 나올 필요 없다는 부대 앞까지 무리해서 왔던 어머니는 저녁 식사 시간 전 일하는 가게로 돌아갔다. 시멘트 블록 담장 사이로 난 샛길로 살이 부러져 삐뚤어진 어머니의 푸른 우산이 갸웃하곤 사라졌다. 처마 밑에 쪼그려 앉아 하릴없이 낙숫물을 손으로 받아보는 동안 어쩔 줄 모르는 마음에 다시 전투화를 신고 부대로 돌아가고 싶었다. 비에 젖은 봉선화부터 슬레이트를 두드리는 빗소리까지, 이 년 반 만에 돌아온 집은 온통 견딜 수 없는 것들뿐이었다. 이를테면 앞집 진수네 대문 옆 스프레이로 그려진 큼지막한 검은 엑스 표시가 그랬다. 진수네가 떠난, 그래서 철거하면 된다는 것을 철거반에 알리는 표시였다. 여름이 끝나기 전 내가 살던 이 동네는 사라질 예정이었다.

낡은 우비를 입고 언덕배기를 따라 좁은 골목을 내려갔다. 비탈길 중턱에선 귀신 할매라 부르던 담뱃가게 할머니 집을 포클레인이 부수고 있었다. 포클레인 팔이 대들보를 밀어젖히는 동안 무한궤도 아래 검게 변색한 슬레이트가 산산조각 났다. 그러고 보니 우비의 주인도 아버지였다. 어머니는 지난 삼 년간 아무것도 버리지 못했구나. 구멍이 나 축축해진 옆구리를 확인하곤 그냥 그런 생각을 했다.

인력사무소 소장은 등록금 이야기를 하자 플라스틱 재떨이에 침을 뱉은 후 담배를 비벼 껐다.

"학교를 등록금만 가지고 다닐 수 있나. 짧고 세게 벌어야겠네. 전역한 지 얼마나 됐다고?"

"여섯 시간 정도……."

"에이급이네. 기분이다, 씨발! 내일부터 시장 입구에 있는 용덕약국 앞으로 여섯 시까지 나와. 곰방일 시켜줄게. 원래 초짜는 못 버텨서 잘 안 주는데 짬도 안 빠진 신삥이니까 어떻게든 되겠지. 늦지 마라. 늦으면 파이다."

소장은 큰 인심이라도 쓰는 것처럼 이렇게 말하고는 내 주민등록번호를 서류에 적었다.

"삐삐는 있어?"

"삐삐요?"

"하긴, 막 전역한 놈이 있을 리 없지. 신경 쓰지 마. 삐삐라도 있으면 주말에 급한 현장 일을 할 수 있거든. 이게 제법 쏠쏠해. 뭐 나중에라도 생기면 등록하면 되고."

나는 복사한 주민등록증을 돌려받았고, 그렇게 곰방일을 시작했다.

곰방은 현장에서 물건을 옮기는 일을 말한다. 벽돌, 타일, 목재, 철근, 모래, 시멘트 포대까지 옮길 것들은 많고 많았으니까. 처음 일했던 곳은 벽돌로 된 빌라 신축 현장이었다. 시멘트 벽돌들이 파레트에 가득 실려 우릴 기다리고 있었다. 지게의 줄이 살 속으로 파고드는 동안, 몸은 내 뜻과는 달리 휘청거렸다. 한 발 한 발 내딛을 때마다 발판이 울렁거렸고, 몸을 기댄 지팡이도 따라서 흔들렸다. 지고 있는 짐이 너무 무거우면 엉치뼈가 저린다는 걸 그날 처음 깨달았다.

"아시바* 타는 꼴이 똥줄 타는 모양이네."

"아, 젊은 놈이 왜 이리 힘을 못 써!"

"죄송합니다."

굵은 땀방울을 훔치며 나는 떨리는 다리에 애써 힘을 줬다.

---

* 비계: 높은 곳에서 공사를 할 수 있도록 임시로 설치한 가설물.

"박 소장 말만 믿고 에이급이라고 해서 데려왔는데."

"에이급은 무슨. 찜통에 처앉아 있는 생닭마냥 육수를 질질 뽑는구먼."

"더 열심히 하겠습니다."

"열심히 하지 말고 잘해! 잘하라고!"

나를 절망하게 했던 건 아저씨들의 구박보다도 채 열 시도 지나지 않았던 시곗바늘이었다. 어깨는 이미 빨갛게 변했고, 허벅지는 걸을 때마다 사시나무처럼 떨렸다. 그런데 점심까지는 두 시간이나 남았던 것이다. 딱, 점심. 점심까지만 버티자. 군에서 배운 몇 안 되는 쓸 만한 것 중 하나는 뭐든 버티면 끝나기 마련이라는 것이었다.

그렇게 하루를 견디고 집으로 돌아와 신발도 벗지 않고 툇마루에 쓰러졌다. 근육통에 달뜬 채 누워 있는 동안 여름의 긴 저녁 햇살이 비추는 집 안은 고요했다. 깨진 사이다 병이 박힌 블록 담장 위로 봉선화빛 잔광이 반짝 빛나는 동안 꽃은 바람에 하늘거렸다. 문득 왜 봉선화가 낯설었는지 깨달았다. 예전엔 누이가 늘 손톱에 꽃물을 들였기에 화단 봉선화에는 꽃송이가 남아 있지 않았더랬다.

마지막 꽃물을 들였던 게 언제였지?

어린 시절 우린 제법 각별한 오누이였다. 누이는 봉선화 물을 들일 때마다 동생인 내 손가락도 늘 챙겼다. 물론 내 의지와는 무관했지만. 언젠가 비닐봉지가 양손에 칭칭 감긴 채 낮잠에서 깨어난 적도 있었다. 손가락까지 빨갛게 물든 나는 울음을 터뜨렸고, 누이는 금방 지워질 거라고 거짓말을 했다. 손톱은 더디 자랐고, 여름 무더위가 한풀 꺾일 때서야 붉은빛은 희미해졌으며, 또래 아이들은 이런 놀림을 멈췄다.

사내가 손에 꽃물 들였대요!

개구진 누이는 그때마다 나 대신 놀리는 아이들의 머리끄덩이를 잡아챘다.

그랬던 우리는 이제 소 닭 보듯 변했다. 꽃물을 들이기엔 너무 바쁜 걸까 아니면 이미 너무 나이를 먹은 걸까? 어느 쪽도 슬펐다. 아버지의 3주기. 누이는 아직도 졸업을 위한 마지막 한 학기를 끝내지 못하고 있었다.

"괜찮아. 다음날 나오면 그걸로 곰방 자격은 충분하니까."

일을 잘 못해서 죄송하다는 내게 소장은 호탕한 웃음 뒤 이렇게 덧붙였다.

"자세가 됐네. 걱정 마. 여름 끝나기 전에 니 학비는 내가 만든다."

그 약속처럼 좋은 날도 궂은 날도 날 현장에 보냈다. 뭉친 근육은 풀릴 날이 없었고 새마을금고 통장의 숫자도 쑥쑥 올라갔다. 힘들었지만 할 만했다. 군에 있는 것과 다를 바 없었으니까. 생각 따윈 할 필요도 없었다. 현장에 도착해 쌓여 있는 무언가를 옮기라는 곳까지 옮기면 하루가 갔다. 그해 여름, 유난히 많은 일이 있었지만 세상이 어떻게 돌아가든 내 알 바 아니었다. 아침이면 내 한 몸뚱이 일으키기도 버거웠으니까.

"이거 붙여."

잠결에 누군가 내 앞머리를 쓸어올리는 것이 느껴졌다. 길고 가는 손가락이었다. 선선한 바람이 이마에 닿자 나는 심호흡을 했다. 술과 담배 냄새가 와락 밀려왔다. 그리웠다. 퇴근한 아버지에게서 나던 바로 그 냄새였다. 고개를 들어보니 누이가 방문턱 앞에 쪼그려 앉아 있었다. 누이의 볼은 발그레 달아올라 있었다.

"이제 왔어? 뭐야?"

"파스! 용덕약국이 닫았더라고. 시간이 몇 신데 벌써 닫아! 내가 두드려서 셔터 열고 사 왔지."

누이는 악동처럼 개구지게 웃었다.

"취했으면 들어가 자. 난 괜찮으니까."

"괜찮은 놈이 밤마다 끙끙거려? 너 땜에 엄마까지 잠을 설쳐. 괜히 골병들지 말고 복학 준비나 해."

"일이 아직 안 익어서 그래. 다음 주면 괜찮을 거야."

"니 학비는 내가 준다니까."

"누나나 졸업하시지. 한 학기만 더 다니면 되잖아."

"괜찮아. 정말 괜찮아. 이제 중도금까지만. 나머지는 담보대출 받을 수 있댔어."

괜찮다 말하는 누이의 말끝에는 한숨이 따라왔다.

동네의 재개발이 결정되고, 조합이 결성되고, 개발을 하느냐 마느냐, 누가 주도권을 쥐느냐를 놓고 지난한 과정이 있었다. 조합장은 두 번이나 바뀌었고, 아버지와 어머니는 이웃들과 함께 노란 띠를 머리에 두르고 몇 번이나 구청으로 달려갔다. 정치인의 한마디, 조합장의 한마디에 우리는 천국과 지옥을 오갔고, 그때마다 아버지는 술병을 비웠다. 집 뒤편에 차곡차곡 쌓여가던 빈 병을 팔기 위해 리어카가 필요해졌을 무렵 아버지는 쓰러졌고, 어머니는 벽제 화장터에서 아버지 이름을 부르며 혼절했다.

"그놈의 아파트가, 아파트가 니 아버지를 잡아먹었다."

상복도 벗지 않고 안방을 걸레로 훔치던 어머니는 토하듯 중얼거렸다. 냉골이 된 안방에 번개탄 불을 붙이려고 불쏘시개를 찾아 우편함을 뒤졌을 때 꽂혀 있던 광고지 사이에서 조합 안내문이 나왔다. 아버지가 그토록 기다리던 시공사가 결정됐다는 소식이었다. 아버지가 없었으므로 입주금과 이사 갈 집을 구할 돈은 없었고, 그토록 원했던 분양권은 결국 떴다방에 팔아야 할 처지였다. 딱지 프리미엄이 아버지의 장례비 정도는 될까? 이렇게 될 일에 아버지는 왜 그렇게 바득바득 매달렸던 것일까? 그때 누이가 나섰다.

어떻게든 해볼게요. 그냥 팔고 말면 너무 억울하잖아요.

어머니는 말렸지만 누이는 완강했다. 아파트를 분양받지 못하면 아버지의 죽음이 아무런 의미가 없다고 믿는 것만 같았다. 그때 처음 알았다. 너무 큰 희망은 절망만큼이나 무섭다는 걸. 돈을 쓰지 않는 것이 내가 할 수 있는 최선이었으므로 군대로 도망갔다. 금방 될 거라는 재개발은 몇 번의 보상 협의가 결렬되고 시공사가 바뀌고 나서야 철거 일정이 잡혔다. 누이는 어느새 이 집의 가장이 되어 있었다.

"이 누나 걱정도 하고 우리 막내도 다 컸네."

"겨우 한 살 더 많은 주제에 잘난 척은."

"너도 사회생활 하니까 알겠지? 사는 게 이렇게 힘들고 치욕스럽다. 아빠도 그랬을까?"

취한 사람 특유의 높은 톤으로 즐거운 듯 말하는 누이의 목소리는 물기에 젖어 있었다. 힘들다는 건 알고 있다. 하지만 어떤 치욕을 말하는 걸까? 나는 누이가 무슨 일을 하는지 묻지 않았다. 늘 집에서 가장 일찍 나가고 가장 늦게 돌아왔다. 하지만 물을 수 없었다. 무엇을 알게 될지 두려웠으니까. 나는 누이의 손을 바라보았다. 가지런히 겹쳐진 손가락에는 투명한 매니큐어가 발라져 있었다.

"이제 꽃물은 안 들여?"

"무슨 소리야 갑자기?"

"화단에 피었잖아. 봉선화."

누이는 툇마루에서 내려와 플라스틱 슬리퍼를 끌며 화단 앞으로 가 쪼그려 앉았다.

"아, 피었구나. 올해도."

"심은 거 아니야?"

"곧 허물 집에 누가 꽃을 심니. 아빠 죽은 후로 화단은 아무도 안 건드렸어. 근데 꽃도 안 따니까 씨앗이 생겨서 매년 피는 거지."

"이제는 안 들여? 꽃물."

누이는 갑자기 고개를 숙이고 웃음을 터뜨렸다. 그러고는 투명한 매니큐어가 칠해진 자신의 손을 바라보았다.

"중학교 2학년 때였나? 아파트 사는 옆자리 애가 내 손가락을 보고 그러는 거야. 너 되게 촌에 사는구나, 이런 것도 하고. 실은 그때부터 창피했어. 꽃물 들이는 거. 아파트로 이사 가자고 노랠 불렀던 것도 그때부터였나, 근데 아빠는 바보같이 매년 봄이면 딸 손가락에 물들이라고 봉선화 씨를 뿌렸지. 딸이 자라는 건 모르고."

누이의 목소리를 따라 밤공기도 가냘프게 떨렸다.

"진짜…… 내가 창피해서…… 손에는 못하고, 그렇다고 꽃을 안 딸 수도 없어서…… 새끼발가락에만…… 했었어. 그럼 친구들은 모르니까."

밤은 조용했고, 누이의 어깨는 들썩였다. 무엇을 할 수 있을까. 누이는 스스로를 감싸 안은 채 웅크리고 있었고, 투명한 손톱만 밤 별처럼 반짝였다. 방문을 닫았다. 구석에선 파스가 든 비닐봉지가 조용히 고개를 숙이고 있었다. 어두운 밤 서울 하늘 아래 우리 가족만 남겨진 것 같았고, 아버지의 그림자는 짙고 길었다. 그리고 이제 누이는 매니큐어를 바른다.

"아이고, 민증 사본까지 복사해둔 확실한 사람들이라니까!"

이상한 날이었다. 원래 약국 앞에 사람들이 모이면 공사장 사람들이 찾아와 필요한 인원수를 불렀고, 갖고 있는 기술별로 팔려나갔다. 하지만 그날 아침은 소장이 직접 나와 다른 일은 받지 않았다. 미리 연락을 돌렸는지 자주 본 낯익은 아저씨들이 모두 보였고, 다들 삼삼오오 모여 담배를 피웠다.

"신분증 사본은 이따 우리 애들이 받으러 올 테니까 잘 전달해 주시고요. 저는 소장님만 믿습니다."

"믿어주시면 저야 영광이죠."

인력사무소야 원래 아쉬운 쪽이지만 현장 사람들에게 소장이 굽실거리는 일은 좀처럼 없었다. 젊은 시절 주먹 좀 썼다는 소장은 거친 현장 사람들을 상대해야 하기에 나름 강단이 있었다. 그런 사람이 무슨 이유에선지 이 대 팔로 가르마를 탄 검은 양복에게 연신 허리를 굽혔다. 오른손에 호두 두 개를 쥔 검은 양복은 소장에겐 눈길조차 주지 않은 채 모인 사람들의 얼굴을 하나하나 노려보며 우두둑우두둑 소리가 나도록 호두를 굴렸다. 승합차들이 나타난 것은 바로 그때였다. 봉고와 그레이스란 이름의 승합차 여섯 대는 약국 앞에 모여 있는 오십여 명의 사내를 삼키듯 태웠다.

"씨벌. 어디 허벌나게 큰 현장으로 가나."

하루 벌어 하루 소주를 마시는 것으로 유명한 덕팔 아저씨는 붉은 코를 유리창에 바짝 디민 채 창밖으로 스쳐 지나는 한강의 풍경을 바라보고 있었다.

"아이고, 우리야 일당만 받으면 우찌 안 되겠나."

칠용 씨는 코를 파 딱지를 자동차 시트 아래에 붙이며 이렇게 답했다. 둘 다 곰방일을 했기에 몇 번인가 같은 현장에 간 적이 있었다.

"아야, 날도 허벌나게 더븐데, 저번처럼 설치지 말래이. 오늘 니가 몬한 일은 내일 노가대가 한다 안 하나."

코딱지를 붙이는 모습을 들킨 것이 멋쩍은지 칠용 씨는 내게 이빨을 보이며 미소를 지었다. 팔도를 떠돌았다며 늘 요령을 피우는 그는 같이 일하기 좋은 사람은 아니었다. 하지만 탈수에 걸리지 않으려면 소금을 먹어야 한다고 알려준 것은 칠용 씨였다.

"썩을 놈, 그래서 너랑 사람들이 일을 안 하는 거야. 벽돌 같은 건 장당 돈을 받는데, 맨날 삐대기나 하니까 푼돈이나 챙기지."

페인트공이었지만 냄새가 싫다고 곰방일을 하는 만수 아저씨는 칠용 씨의 낡은 전투화 앞코를 툭 걷어찼다.

"성님은 그카니까 하나만 알고 둘은 모른다 카는 기라. 노가대는 골병들면 지만 손해지."

"임마, 내가 뻥끼칠*을 왜 안 하는데. 담배 피우는데 뻥끼 냄새까지 맡으면 폐에 빵꾸 난다드만."

---

* 페인트칠.

"성님아! 곰방질 데마징* 땡긴다고 렝가** 삼만 장씩 올리믄 늙어가 관절염으로 걷지도 몬합니다."

"하이고. 그래. 니 똥 굵다. 벽에 똥칠할 때까지 살아라."

그사이 덕팔 아저씨는 앞뒤로 몸을 흔들었다. 술 생각이 간절하면 나오는 버릇이었다.

"어딘지 모르지만 참 때 탁배기 한 사발만 나와라. 그럼 내가 현장 소장 똥구멍도 빨아준다."

아저씨들이 떠드는 동안 조수석에 앉아 있던 검은 양복은 아무 말이 없었다. 호두 굴리는 소리만 우두둑우두둑 반복될 뿐이었다.

"씨벌, 이게 뭐꼬?"

코를 움켜진 칠용 씨는 승합차에서 내리며 대뜸 이렇게 말했다. 다들 말은 없었지만 같은 생각이었다. 차 문을 여는 것과 동시에 쓰레기 썩는 냄새가 코를 찔렀다. 승합차가 멈춰 선 곳은 다름 아닌 거대한 쓰레기 산의 정상 한가운데였다. 누르고 누른 쓰레기는 모여서 마치 단단한 산처럼 변해 있었다. 이곳이 어딘지는 금방 깨달았다. 얼마 전 매립 종료를 선언한 난지도의 정상이었다.

---

* 일당.

** 벽돌.

더는 어쩔 수 없는 이 거대한 쓰레기 산을 처리하는 문제를 놓고 전문가들이 모여 논의하고 있다는 뉴스를 부대에서 얼핏 봤었다. 검은 양복은 앞으로 나섰다.

"내려서 5열종대로 집합!"

하지만 아저씨들은 무슨 되도 않는 소리냐는 표정으로 적당히 무리 지어 담뱃갑부터 꺼내 들었다. 그러고는 심란한 표정으로 담배를 한 대씩 입에 문 채 오늘 현장에서 무슨 일을 할 것인가를 놓고 심오한 논쟁을 벌였다.

"개념을 밥 말아 먹었나. 쓰레기 일에 곰방을 불러?"

"그럼 일당도 파이 아니야? 잡부 일당 받고는 일 못하지."

"쌍놈들. 곰방도 기능공이라고! 이 씨부럴 놈들!"

가장 흥분한 것은 만수 아저씨였다. 벽돌을 하루에 몇 만 장씩 나르는 그는 현장에서 곰방 재벌로 통했다. 날씨가 좋으면 한 달에 돈 천은 우스웠다. 그러면서도 담배는 늘 빌려 피웠다.

"어허, 돛대는 마누라도 안 준다 안 합니까."

만수 아저씨가 칠용 씨에게 담배 구걸을 하는 동안 검은 양복은 미간을 찌푸린 채 무언가 싫은 소리를 하려다 입을 다물었다. 괜히 쓸데없는 일로 힘을 빼기 싫은 눈치였다. 그저 손목시계로 시간을 확인하고 혼잣말로 중얼거렸을 뿐이다.

"왜 안 와. 이 자식들은."

이 자식들이 모습을 드러낸 것은 담배 한 대가 다 타기도 전이었다. 주차된 승합차 뒤쪽으로 경찰버스 두 대가 요란한 엔진소리를 내며 나타났다. 아저씨들 얼굴엔 당황한 기색이 역력했다. 난지도, 경찰 버스, 검은 양복, 노가다, 곰방. 도무지 이해 안 가는 조합이었으니까. 지금 무슨 일이 일어나고 있는지 알고 있을 검은 양복은 미간을 찌푸린 채 호두만 굴렸다. 버스 문이 열리기 무섭게 나보다 서너 살쯤 많아 보이는 전경 소대장이 검은 양복 앞으로 튀어나왔다.

"충성! 과장님 죄송합니다. 버스가 길을 잘못 들어서……"

순간 빡 소리가 났다. 소대장은 얼굴을 감싸 쥔 채 바닥에 쓰러졌다. 삽시간에 아저씨들의 목소리가 조용해졌다.

"이 새끼야! 내가 우스워? 우습냐고? 포클레인 기사들도 아직 안 왔고, 경찰이란 놈들은 나보다 늦게 나타나고."

"죄송합니다. 시정하겠습니다."

경찰 소대장은 후다닥 일어나 머리를 숙이고 차려 자세로 섰다. 얼마 전 부대에서 흔히 보던 익숙한 광경을 사회에서 다시 보니 묘한 기분이었다.

"이 새끼들. 그쪽에선 삼십 분 후부터 차들을 보낸다는데, 여긴 준비가 하나도 안 됐잖아! 나서서 준비해야 할 새끼는 나보다 늦세 저오고! 포클레인은 니네 계장이 담당한댔지?"

"제가 바로 확인해보겠습니다."

"지금 시국이 어느 땐데 정신 상태가 썩어빠져서……. 빨갱이 같은 새끼들. 일단 애들부터 준비시키고, 니네 계장은 오자마자 나한테 튀어 오라고 해."

주위를 살피자 어느새 아저씨들은 모두 담배를 끄고 있었다. 소대장이 지시를 내리기도 전에 경찰들은 눈치 빠른 분대장들의 지시에 따라 열을 맞췄다. 소대장과 용무를 마친 검은 양복은 아저씨들을 향해 돌아섰다.

"너, 기준. 5열종대!"

고개를 돌렸을 때 아저씨들은 이미 열을 맞추고 있었다.

우리는 그렇게 쓰레기 산 위에 앉았다. 우리 왼쪽으로는 같은 수의 경찰이, 오른쪽으로는 포클레인이 있었다. 쓰레기 산 위에 열을 맞춰 늘어선 십여 대의 포클레인은 어찌 보면 장관이었다. 어디서 구해 왔는지 모를 우유 상자를 전경들이 붙여 단상을 만들었고, 검은 양복은 그 위에 올라 발을 툭툭 두 번 털었다.

"에, 다들 알겠지만, 지금 국가적 위기 상황이다. 이런 국난의 때에 나라에서 여러분들의 도움이 필요하다. 다들 대한민국 국민으로서 오늘 하는 위대한 국가적 책무에 충실해주길 바란다. 그리고 오늘 일은 어디서 떠들지 마라. 혓바닥 삐끗 잘못 놀리면 남산

에서 날 만날 테니까. 너희들 민증 번호는 이미 복사 떠서 남산에
있다. 딴생각하지 말고."

대학에 입학한 뒤 다들 민주화니, 통일이니, 민족을 떠들었지
만, 그런 건 시간 있는 친구들이나 하는 일이라고 생각했다. 그런
나도 남산 이야기는 알고 있었다. 쌍팔년 학생회장이 남산에 갔
다가 반병신이 됐네, 삼 년 전 단대장은 똥오줌을 못 가리네, 하는
풍문은 흔하다 못해 식상한 레퍼토리였다. 현장에서 술 취해 싸
우는 아저씨들조차 걸핏하면 남산에 있는 오촌이나, 기무사나 보
안사에 있다는 육촌을 들먹였다. 그런 남산이, 남자들이 호기 부
릴 때나 신화처럼 불쑥 튀어나오는 남산이, 실제로 내 앞에서 호
두를 굴리고 있었다.

"십 분 후 트럭이 온다. 거기엔 무너진 백화점 잔해들이 실려 있
다. 니들이 할 일은 거기서 시신을 찾는 거다. 지금부터 포클레인
한 대에 노가다 둘, 경찰 둘이 붙어서 소대장 지시에 따라 구역을
나눠 시신을 찾는다. 시신만 찾는 게 아니야. 신분을 증명할 소지
품. 민증, 학생증, 사원증, 지갑, 시계, 안경, 입고 있는 옷가지, 잘 챙
겨라. 백화점이니까 여러 물건들이 섞여 있을 테니 시신하고 함께
있는 신분을 입증할 소지품을 챙기란 말이다. 알았나?"

"네."

"씨발! 목소리 좆같네. 알았냐고!"

"네!"

"질문은 소대장에게 해라. 경찰 지시에 따라 조를 나누고, 조 편성이 끝나면 분대장 통제하에 트럭이 올 때까지 담배 한 대씩 피워."

검은 양복은 우유 박스에서 내려갔다. 그 뒤 전경 소대장과 쥐색 점퍼를 입은 계장의 지시에 따라 우리는 조를 짰다. 아침 햇살이 쓰레기 산 위로 쏟아졌다. 볕을 등지고 멀리 덤프트럭들이 뽀얀 흙먼지를 일으키며 다가오고 있었다.

무너진 백화점에서 무슨 일이 있었는지는 뉴스도 보지 못하던 나조차 알고 있었다. 한동안 현장에 오면 아저씨들은 그 이야기밖에 하지 않았다.

"씨벌, 그 회장 새끼 면상이 아주 철판이드만. 그 씹새끼가 지껄이는 거 봤어."

"응. 뭐, 나한테 뭐라고 하지 말라고, 백화점이 무너져서 자기 손해도 막심하다고 했었나?"

"그 정도 되니까 기둥에 철근도 빼먹고, 건물이 무너져도 지만 도망가지."

"지만 도망간 거면 괜찮게. 마지막 지시가 물건을 빨리 빼라는 거였다며. 밑에 놈들한테는 아직 괜찮으니까 영업 끝날 때까지 사람들 대피시키지 말라고 시키고."

아저씨들이 가장 분노했던 건, 도망치기 직전 회장이 내렸다는 기다리라는 지시였다. 그들은 화를 냈지만, 내겐 그조차 낯설었다. 어쨌든 부자들이 사는 동네였으며 나와는 무관한 일이었으니까. 아저씨들처럼 TV 화면으로라도 직접 무너진 건물을 봤다면 다른 감정을 느꼈을지도 모르겠다. 하지만 우리 동네는 난시청 지역이라 TV도 제대로 나오지 않았고, 철거를 앞두고 유선방송국도 철수해 TV를 켜면 화면엔 비만 내렸다. 무너진 백화점은 내게 세계 반대편에서 일어난 비극과 다름없었다.

며칠이 지나자 아저씨들도 변했다. 무너진 백화점보다 관련된 중견 건설사와 하도급 업체들이 연쇄 도산할 것이라는 소문이 더 걱정이었다. 그렇게 되면 당장 현장의 일용직 노동자들부터 먹고 살 길이 막막해질 터였다.

"까놓고 말해 복권 당첨된 거 아이가."

"그리 말하는 거 아니다. 사람이 죽었는데."

작업에 들어가기 전 화제가 된 것은 유가족들이 받게 될 보상금 이야기였다.

"보상이 삼 억이라 카든데예."

"확정된 것도 아니라고 하더라고."

"우예 됐든 그란 목돈을 언제 만져봅니꺼."

"모르죠. 우리 같은 사람한테야 큰돈이지만, 그 백화점은 부자들이 가는 곳이라면서요."

"그래도 그건 아이다. 부자들이 단돈 십 원에 더 벌벌 떠는 기라. 만수 성님 봐라! 지 돈으로 담배도 안 산다."

"어허. 말본새 봐라. 담배랑 사람 죽는 거랑 같아? 돈이 목숨보다 소중하냐고?"

"하모요. 돈 없어가 죽는 놈이 천지삐까랍니데이."

그사이 덤프트럭은 쓰레기 산 위로 무너진 백화점 잔해를 부려놓았다. 트럭들을 열을 맞춰 끊임없이 몰려왔고, 쓰레기 산 위에서는 잔해가 쏟아지며 나오는 먼지와 트럭이 일으키는 먼지가 뒤섞여 앞도 제대로 볼 수 없었다. 우리는 조별로 부려진 잔해 앞으로 갔다. 쓰레기 산 위에 흩뿌려진 회백색의 콘크리트와 철근 덩어리들은 위태하고 기이해서 일종의 설치미술처럼 보였다. 전경 소대장이 호루라기를 불었다. 작업 시작을 알리는 소리였다.

덥고 냄새 나는 일이라는 것을 빼면 다른 현장보다는 수월했다. 다른 곳은 무언가를 짓는 일이었지만, 여기선 무너진 것을 헤집을 뿐이었으니까. 수백 명이 죽은 무너진 건물이라 했지만 막상 눈에 들어오는 것은 콘크리트와 철근뿐이었다. 짊어져야 할 짐도 없었고, 올라가야 할 계단이나 비계도 없었다. 물론 잔해들을 조금 파내자 다른 것들도 보이기 시작했다. 내가 일하던 구역에서는 무너진 벽체를 포클레인이 밀어젖히자 옷가지들이 쏟아져나왔다. 불어로 된 큼지막한 이니셜이 박힌 고급 여성복 브랜드였다.

"피껍데긴 줄 알았더니 광이네. 이거 새건데 우리 마누라 하나 챙겨다 줄까?"

만수 아저씨는 밍크코트를 들어 보였다.

"이런 거는 함부로 손 타믄 동티 납니데이."

나는 옷 하나를 집어 들었다. 가격표에 유난히 0이 많은 빨간 블라우스였다. 레이스에서는 희미하게 그을음 냄새가 났다.

"으어어, 씨발! 이게 뭐야!"

하얀 무언가를 발견하고 자리에 주저앉은 것은 덕팔 아저씨였다. 옆에서 부서진 철근을 치우던 전경이 서둘러 달려왔다. 덕팔 아저씨가 발견한 것은 팔이었다. 부러진 하얀 마네킹 팔. 근처에 있던 아저씨들이 한바탕 웃었다. 다들 지나칠 정도로 웃었다. 너무나 쾌활해서 이 웃음 아래 두려움이 서려 있다는 걸 둔감한 나조차도 알 수 있었다.

어느 정도 체계가 잡히자 포클레인의 작업 소리만 요란했다. 말은 하시 않았다. 다들 이곳에서 무슨 일이 일어났는지 실감하기 시작했던 것이다. 핏자국이 남아 있는 철근 콘크리트 덩어리도 있었고, 알 수 없는 검붉은 얼룩이 있는 한 짝의 신발과 터진 쇼핑백도 나왔다. 옆 조에서는 처음으로 짓이겨진 누군가의 허벅지를 발견했다. 포클레인이 거대한 팔로 끊어진 기둥을 들어내자 뭉그러진 시신의 나머지가 모습을 드러냈다. 고개를 돌렸지만 끔찍한 광경은 눈꺼풀에 새겨진 것처럼 선명했다. 쓰레기 냄새 사이로 처음 맡아보는 역한 악취가 마치 머릿속에 달라붙을 것처럼 파고들었다. 팔다리에 소름이 돋았다. 동시에 짊어진 것 하나 없는 어깨가 자꾸 아래로 처졌다. 기둥을 들고, 시멘트를 파헤치고, 철근을 끊고, 무너진 잔해 위를 오가고……. 사방은 소음으로 가득했지만 동시에 고요했다. 누군가 유류품이나 시신의 일부를 발견하면 조용히 손을 들었다. 그러면 담당하는 경찰 분대장이 검시팀을 불렀다. 그들이 달려와 찾아낸 시신을 수습을 하는 동안 쉴 수 있었지만 말하는 사람은 없었다. 그저 담배만 연신 빨아댈 뿐이었다. 다들 줄담배를 피워댔으므로 점심이 되기 전에 계장은 추가로 담배를 돌렸다.

정오가 되자 우리는 밥을 먹기 위해 비탈을 내려갔다. 비탈 아래엔 흰 천막이 쳐져 있었고, 병원 소독약 냄새가 모든 것을 지워버릴 기세로 밀려왔다. 머릿속까지 크레졸로 소독되는 기분이었다. 그 안에선 흰 가운이나 국과수 조끼를 입은 아저씨들이 우리가 발견한 시신 조각들을 말 그대로 퍼즐처럼 짜 맞추고 있었다.

"뉴스로 볼 땐 이 정돈 줄 몰랐는데."

"거기엔 그냥 무너진 잔해만 나오잖아."

"성님, 지는 몬 먹겠는데예."

"안 들어가도 먹어야지, 일하려면. 안 그러냐? 막내야."

"네."

밥을 먹을 수 없다는 이들을 이해할 수 없었다. 위에서 긴장한
탓에 배는 너무 고팠고 밥도 맛있었다. 쓰레기 산 앞이었지만 악
취와 뒤섞인 소독약 냄새에 코는 마비되어버렸다. 후루룩 한 그
릇을 비운 나는 마음 같아선 한 공기 더 먹고 싶었지만 눈치가 보
여 수저를 내려놓았다. 많은 아저씨들은 뜨는 듯 마는 듯 수저 자
국도 안 남은 밥공기를 내려놓고 나보다 먼저 일어났다. 원래 아저
씨들은 현장에서 식사를 마치면 등을 댈 수 있는 곳 어디나 누워
눈을 붙였다. 그런데 다들 원래 자리로 돌아가기 시작했다. 오후
일과가 시작되고 나서야 가장 늦게 엉덩이를 떼던 칠용 씨마저 이
미 무너진 백화점 잔해 주변을 서성이고 있었다. 유족을 위해 저
렇게 노력하는 게 옳은 일이겠지. 이 모든 것이 남 일처럼 생경했
던 나도 무딘 죄책감에 떠밀려 올라갔다. 그리고 그들이 무엇을
하고 있는지 보았다.

아저씨들은 무너진 잔해에서 귀금속과 금시계 따위를 줍고 있었다. 동티가 난다고 싫은 소릴 했던 칠용 씨는 금가락지를 챙기고 있었고, 만수 아저씨는 그새 무얼 챙겼는지 앞뒤 주머니가 불룩했다. 나는 눈앞에 펼쳐진 광경을 어떻게 받아들여야 할지 몰라 황망했다. 칠용 씨는 나와 눈이 마주치자 예의 이빨이 보이는 미소를 지으며 변명했다.

"이기는 동티 안 난다. 금이라 카는 기가 원체 부정을 안 타는 기라. 녹도 안 슬고. 난리통에는 죽은 놈 금니도 떼 간다 안 카나."

나는 대답 대신 반사적으로 고개를 끄덕였다.

"싸게 챙기라! 지나뿔면 후회한데이."

그랬다. 내 주제에 이렇게 구경만 하는 것은 주제넘은 짓일지도 몰랐다. 운 좋게 다이아몬드 반지라도 줍는다면 누이는 더는 일을 하지 않아도 될 터였다. 운까지는 필요하지도 않았다. 눈앞에 당장 보이는 금붙이 몇 개만 주워도 방학 내내 짊어져야 할 벽돌이 수만 개는 줄어들 터였다. 주인은 없었다. 이제 매몰되어 사라질 것이었다. 불편한 것은 얄팍한 양심과 알량한 자존심뿐이었다. 그럼에도 차마 낄 수 없었다. 달아올라 화끈거리는 얼굴로 몸을 돌려 달아날 수밖에 없었다. 돌아서며 검은 양복과 마주쳤다. 아지랑이가 피어오르는 쓰레기 사면에 서 있는 검은 양복은 땀조차 흘리지 않았다. 그저 모든 걸 알고 있다는 표정으로 호두를 굴릴 뿐이었다. 그 순간 이해했다. 저기서 줍게 되는 금붙이들은 공짜가 아니었다. 그것은 침묵의 값이었다. 오늘 보고 겪을 일에 대한 비밀을 묶을 오랏줄이었다. 평생 따라다니겠지. 아무것도 줍지 않은 내게까지. 비밀은 무거웠으므로 갑자기 손목이 저렸다.

손을 발견한 것은 오후 작업이 끝나갈 무렵이었다. 쓰레기 산 위로 포클레인과 작업 인원들의 그림자가 길어졌고, 이미 수색이 끝난 조는 모여 앉아 담배를 피우고 있었다. 우리 조도 마지막 한 무더기의 잔해만을 남겨놓고 있었다. 포클레인의 팔이 무너진 기둥을 들추자 깨어진 천장 구조물이 나왔다. 석고보드 잔해가 뒤섞인 으깨진 환기구와 전선을 걷어내자 화장품 매대였을 나무판들이 박살 난 병 조각들과 함께 나왔다. 나는 별것 없다는 수신호를 보냈고, 포클레인은 아마도 상판이었을 꺾어진 콘크리트 판을 젖혔다. 그 아래 손이 있었다. 무너진 벽체 구조물 세 개가 겹쳐진 틈 사이로 마치 인사라도 하는 것처럼 사람의 손이 삐죽 나와 있었다. 나는 혹시나 마네킹일까 싶어 가까이 다가갔다. 유심히 보자 분명히 알 수 있었다. 새끼손가락과 약지에 누이처럼 봉선화 꽃물을 곱게 들인, 사람의 손이었다. 아름다운 그 빛깔에 뜨겁고 붉은 무언가가 아랫배부터 차올랐다.

늦지 않았을지 몰라.

초조한 마음이 입안에서 타들어가고 발걸음이 빨라졌다.

어쩌면 늦지 않았는지도 몰라.

땅 밑에서 보름을 넘게 버티고 살아남았다는 광부의 이야기가 떠올랐다.

지금까지 살아온 삶을 송두리째 거는 심정으로 나는 틈 사이로 나온 손을 향해 손을 뻗었다. 그리고 그 손에, 틈 사이로 내민 손에 있는 힘껏 깍지를 꼈다. 깍지 긴 손가락 마디마디 사이로 시간이 얽혔다. 앞으로 없을 간절한 마음으로 나는 잡은 손을 당겼다.

손만 쑥 올라왔다.

너무나 이상하게, 아니, 어쩌면 당연하게도 그것은 잘린 손이었다. 내가 발견한 것은 그러니까 오직 손뿐이었다. 거짓말처럼 팔목에서 잘린, 그저 손뿐이었다.

누이의 손 같았다. 누이의 손가락처럼 가늘었으며, 누이의 손처럼 아름다웠다. 심지어 누이의 손처럼 보드라웠다. 다만 차갑고 끈적끈적할 뿐이었다. 조금의 온기라도 전하고 싶은 마음에 움켜잡았다. 움켜잡자 분명히 알 수 있었다. 검지와 맞닿은 중지에 굳은살이 있었다. 너무 오래 글을 쓰면 생기는 볼펜 굳은살이라 부르던 바로 그 살이었다. 식도를 타고 올라왔던 안타까움이 갈 곳을 잃어 목울대에 퍼덕거리는 동안 머리가 어지러웠다. 검시반을 불러야 했는데 목소리가 나오지 않았다. 나는 잡은 손을 들고 비틀거리며 콘크리트 잔해들 사이로 나왔다. 바람 빠지는 소리만 목구멍에 맺혔다가 흩어져버렸다. 오후의 열기로 달아오른 쓰레기 산에서는 아지랑이가 피어올랐고 때문에 쓰레기장 풍경은 자꾸 이지러졌다. 흩어지고 짓이겨진 풍경 속에서 오직 차가운 손만이 너무나 선명했다.

손은 말하고 있었다. 상고를 졸업하고 얻은 첫 직장이었다. 하루에 아홉 시간씩 매대를 지켜야 했고, 나처럼 힘들었으며, 누이처럼 치욕을 느끼는 때도 있었다. 그 순간에도 미소를 지어야 했다. 백화점이니까. 손님은 왕이니까. 그렇게 집에 돌아가도 펜을 놓을 수 없는 꿈이 있었던, 나 같은, 누이 같은, 어쩌면 누이였을지도 모를 한 사람의 손이 구해달라며 내 손을 꽉 움켜잡고 있었다.

"막내야. 그거 놔라."

"그래."

"아가 더위 먹은 모양인갑네."

고개를 돌리자 다가오는 아저씨들의 모습이 보였다.

"잡았어요! 손을 내밀어서 내가 잡았다고요!"

"그래. 잡았어."

"근데…… 구할 수가 없어요……. 손을 잡았는데…… 왜? 왜?"

절망감이 뜨겁게 뺨을 타고 흘러내렸다.

"잡았다고요. 분명히…… 이렇게 잡았어요."

"그래. 잘했어."

"그런데…… 왜…… 그런데 왜?"

칠용 씨가 움켜잡은 손가락을 억지로 벌렸다. 덕팔 아저씨가 그 손을 빼앗아 검시반을 불렀다. 차가운 손이 떠난 자리를 움켜쥐자 내 손이 느껴졌다. 따뜻한 손이었다. 그 따뜻함이 너무 미안해 더 뜨거운 눈물이 쏟아져나왔다. 만수 아저씨는 고개 숙인 내머리를 와락 안았다. 알고 있었다. 난 그저 죽은 이의 손을 발견했다. 내 일이었고, 할 일을 했을 뿐이었다. 그럼에도, 그럼에도 이 죄송하고 부끄러운 마음은 철거된 담배 가게나, 무너진 백화점처럼 산산조각 나버린 채 쓰레기 섬 아래로 서서히 가라앉고 있었다.

"사내였을까?"

승합차 안의 침묵을 깬 건 덕팔 아저씨였다. 칠용 씨가 미간을 찌푸렸다. 한강에 반사되는 햇살이 따가웠다. 황혼에 물든 돌아오는 길은 퇴근 차량들로 꽉 막혀 있었다.

"손만 보고 우예 알겠습니까?"

"여자일 거예요. 꽃물 들였잖아요. 손에."

나는 누이처럼 붉던 그 손끝을 떠올렸다.

"꽃물?"

"봉선화요."

"아이다."

"네?"

"니가 잘못 본 기다. 그기 꽃물이 아이라 멍든 기다. 손끝에 피멍이 들어가 불그죽죽하게 된 기라 안 카나."

"아."

나는 고개를 돌렸다. 아, 피멍이었구나. 피멍 같은 노을이 서쪽 하늘에 펼쳐져 있었다. 쓰라린 붉은빛과 함께 아린 보랏빛이 멍든 검청빛 하늘 아래 욱신거리고 있었다.

"막내야. 백화점이 왜 무너졌는지 아나?"

만수 아저씨가 갑자기 물었다.

"부실 공사 때문에요?"

"아니야. 무너진 쇼핑몰을 쓰레기장에 버리는 놈들이 있는 나라니까, 그러니까 백화점이 무너지는 거야."

인과가 뒤바뀌어 있었지만 어쩐지 납득할 수 있었다.

"그라믄 뽀사진 건물은 어데 버립니까? 쓰레기장에 버려야지."

"쓰레기장에 버리면, 흙으로 덮어버릴 거 아니야. 그러면 잊어버린다. 사람은 간사한 동물이라 잊어버린다고. 봐라, 또 무너진다. 분명히 또 무너진다고."

손을 펼쳐보았다. 백화점이 무너졌다. 무너진 건물 아래 사람들이 있었다. 정말 막을 수 없었을까? 정말 구할 수 없었던 걸까? 누구도 구하지 못한 손이 거기 있었다. 침묵의 오랏줄에 묶인 채 쓰레기 산 아래서 영영 돌아오지 못할 이들을 함께 묻었던 공범의 손이 거기 있었다. 나는 흔들리는 승합차 창에 기대어 눈을 감았다.

한 섬이 보인다. 섬의 이름은 난지(蘭之) 혹은 동거차(東巨次)이리라. 그곳에서 누군가 손을 뻗는다. 살고 싶은 간절한 마음에 내민 고운 손이다. 기다리라 해 기다렸고, 잡았으나 구하지 못한, 내 누이였고, 가족이었고, 내 아이, 혹은 나 자신이었을지 모를 꽃 같은 손이다. 움켜잡았으나 스르르 빠져나가버린 차가운 손이다. 그리고 깨닫는다.

망각했으므로 세월이 가도 무엇 하나 구하지 못했구나.

회랑을 배회하는
양떼와 그 포식자들

운명은 뜻밖의 형태로 찾아온다. 적어도 내 경우엔 그랬다.

영원히 계속될 것 같았던 황금기가 갑자기 끝나버린 것은 어느 재벌의 비자금 수사 때문이었다. 특검이 출범하고, 일가의 상속 문제가 세간의 관심을 끌더니, 끝내 안주인의 미술 창고가 하나 열렸다. 기자들이 몰려갔고, 카메라 플래시가 번쩍였으며, 검은 양복을 입은 사내들이 우르르 박스를 들고 나왔다. 덕분에 우리나라에서 가장 많은 그림을 소유했다는 그녀의 걸작 컬렉션이 일부나마 빛을 보았다. 그리고 팝아트 거장의 걸작 소유권을 놓고 서로 자신들의 것이 아니라 주장하는 진풍경이 펼쳐졌다.

거창하게 출발해 유야무야된 이 소동의 마지막은 미술계를 긴급 진단하는 기획 기사로 장식되었는데, '이대로 좋은가'로 시작되는 기획 기사는 온갖 미학과 정치학, 팝아트의 역사 등등의 썰을 풀었지만 결국 핵심은 웃으며 눈물 흘리는 여자의 그림 가격이었고, 지금은 얼마나 뛰었을지 가격조차 알 수 없는 그 그림의 진짜 소유주가 누구인가에 대한 추측으로 마무리되었다. 아무리 읽어 봐도 이대로 좋다는 것인지 아닌지 알 수 없었다.

미술계 말석에서나마 이름을 팔아먹고 살았던 내 돈줄도 그렇게 갑자기 막혔다. 예년 같았으면 갤러리가 문 닫을 시간에 비서와 함께 나타나 트럭째 그림을 싣고 가던 큰손들이 일제히 내 전화를 피하기 시작했던 것이다. 하는 말은 비슷했다.

"알잖아, 요즘 분위기."

"이 사람아. 비 오는데 괜히 비 맞을 일 있나."

"내가 바빠서. 요즘 그림 볼 시간이 없어."

"창고가 꽉 차서……. 알잖아, 김 교수."

그렇다고 쉽게 포기할 순 없었다.

"제 후배라서가 아니라 진짜 물건이라니까요. 아시잖아요. 제가 이사님한테 아무나 소개 안 하는 거."

"보장한다니까요. 딱 오 년. 오 년만 가지고 계시면 저한테 고맙다고 절하실걸요."

"이럴 때가 기회라니까요. 다들 이렇게 엎드려 있을 때, 과감하세 들어오셔야 나중에 재미 보시지."

하지만 아무 소용없었다. 전에는 개관 전날 밤 미리 와서 볼 수 없느냐, 도록만 보내주면 살 그림들 번호를 찍어주겠다고 하던 이들이었다. 그들 모두 거짓말처럼 연락을 끊었고 사 개월을 준비했던 후배의 첫 개인전은 그림 세 점도 채 팔지 못한 채 끝났다. 내가 나서서 기획하면 늘 완판을 해왔고 그것이 내 은밀한 자부심이었다. 그 모든 것이 고작 미술 창고가 한 번 열린 일로 처참하게 박살나버렸다.

그렇다고 그 일가의 여주인에게 불만이나 원한이 있는 것은 아니다. 오히려 반대였다. 사실 내가 누리고 있는 것들의 상당수는 어떤 형태로든 그녀가 만들어준 것이기 때문이다. 고미술품에 대한 강렬한 수집욕을 자랑했던 그 일가의 창업주를 따라 미술계에 뛰어든 그녀는 현대미술에 대한 높은 안목과 그보다 더 대단한 지갑을 가지고 있었다. 덕분에 그녀가 관장으로 있는 미술관은 좋은 작품들을 진공청소기처럼 빨아들였고 명실상부 국내 최고의 컬렉션을 자랑했다. 물론 소문에는 회사가 소유한 미술관은 표면적인 간판일 뿐이고 진짜는 일가, 특히 그녀의 개인 컬렉션이 어마어마하다고 했다. 그녀가 한 작가의 개인전에 나타나 몇 점을 찍고 가면 화가의 이름값은 폭등했고, 그의 작품세계는 재조명됐다. 그러면 그림값은 천정부지로 뛰어올랐다. 그녀의 이름이 품질

보증이었으며 가치 증명이었다. 그녀가 샀다는 이유만으로 그림 값이 올라갔으니, 이만큼 꿀 빠는 장사도 없었으리라.

그녀의 성공이 다른 재벌들에게 끼친 영향은 이루 말할 수 없었다. 그림은 양도세 상속세도 없었고, 보유세가 부과되는 것도 아니었다. 거래 과정이 공개되지 않으니 자금의 출처도 묻지 않았고, 아무리 많이 쌓아두어도 예술에 대한 조예라 칭송받았다. 판로만 확보해두면 기록이 남지 않는 현금을 마련할 수 있었고, 적당한 가격에 괜찮은 컬렉션을 확보하면 가격이 내려가는 일도 없었다. 공식적인 가치는 경매장에 등장할 때 한 번 매겨지고 많은 경우 보이지 않는 시장에서 은밀히 거래되기 때문이다. 뿐만 아니라 장래성 있는 젊은 작가의 그림을 미리 확보해두면 몇 년 사이 두세 배로 가격이 훌쩍 뛰는 일은 우스웠다. 아주 드문 일이지만, 운이 좋다면 수십 배의 수익을 거두는 일도 불가능하지는 않았다.

무엇보다 이 모든 것은 메디치*를 운운하며 예술을 사랑하고 후원하는 고상한 일로 칭송받을 수 있었다. 말 그대로 도랑 치고 가재 잡고, 꿩 먹고 알 먹는, 지극히 고상하고 우아한 노블레스 오

---

* 메디치가. 피렌체에서 르네상스를 이끌었던 가문. 예술가들에 대한 후원으로 명망이 높았다.

블리주 재테크인 것이다.

젊은 시절 나는 수도권의 한 미대에서 시간강사로 일하고 있었다. 이름만 그럴듯한 모 협회 총무 명함이 있었고, 관련 잡지 한두 곳에 칼럼이나 평론을 게재해 평론가로 이름 줄이나 알려진 정도였다. 원래 그림을 그렸지만, 대학교 1학년 때 내 재능의 한계를 깨달았다. 졸업했지만 먹고살 길이 막막했으므로 뭐라도 되겠지 하는 심정으로 대학원에 진학했다. 박사학위를 남겨두고 있었지만 딴다고 정교수가 되긴 힘들어 보였고, 평론가로 사는 일 역시 요원했다. 나보다 글을 잘 쓰는 인간들은 이 바닥에 정말이지 발길에 차일 만큼 널려 있었으니까. 학교 친구들은 몰랐겠지만, 미술관련 매체의 기자 시험도 몇 번 봤었다. 하지만 국문과나 신방과 출신들을 이길 수 없었다. 모두 물을 먹었고 어찌저찌 인맥을 동원해 들어간 곳이 협회였다. 구성원과 활동이 모호한 협회는 별 의미 없는 보고서 몇 개를 올려 정부 지원금을 따먹는 곳이었다. 협회장이 귀찮은 일을 맡겨두기 위해 앉힌 총무였고, 덕분에 협회장의 사적인 잡일들이 거꾸로 떨어지곤 했다. 하지만 그마저 매달 나오는 푼돈과 명함에 박힌 이름이 아쉬워 싫은 소리 한 번 못하고 절절맸다.

한마디로 여기저기 걸어둔 줄은 많았지만 어디 하나 딱히 출구가 보이지 않았다. 그나마 미술 명문으로 유명한 한 대학을 졸업하고 학위도 땄지만, 그 학벌로 미술학원을 하고 있는 선배를 찾는 것은 어렵지 않았다. 동창 모임에 나오지 않는 이들은 더 막막한 삶을 살아가고 있을 터였고 내가 그 길을 가지 말라는 보장은 없었다.

그때, 한 후배의 개인전 뒤풀이 자리에서 선배를 소개받았다. 나보다 스무 살이 많았고, '한국'으로 시작해서 '협회'로 끝나는 단체 이름이 명함에 빼곡히 박혀 있었다.

"정확히 무슨 일을 하시는데요?"

"음, 우리 학교 유망한 후배들을 에이전시에 소개해주고, 적당한 구매자가 있으면 중개도 해주고, 한마디로 유망주들이 먹고사는 거 걱정 안 할 수 있게 와꾸 짜주는 일을 하지. 요새는 건설사들하고도 일 많이 해."

"아! 좋은 일 하시네요."

나는 미소를 지었다. 그의 긴 설명을 한 단어로 요약하자면 브로커란 소리였다. 당시는 건물 신축 시 조형물 설치를 의무화하는 법안이 막 생겨난 직후였다. 아름다운 도시경관을 위한 공공 이익 환원이라는 훌륭한 입법 취지와는 달리 조형물은 정확한 가격을 책정하기 힘든 품목이었다. 조각상이 백만 원이라면 백만 원일 수 있었지만, 천만 원이라고 해도 누가 아무 소리 할 수 없었다. 바꿔 말하자면 리베이트를 받아 비자금을 조성하기에 이보다 좋은 방법이 없었다. 가격 부풀리기부터 가짜 바꿔치기, 이중 계약까지. 이 조형물 법은 온갖 복마전의 온상이었다. 생활비 한 푼이 아쉬운 젊은 작가들이 이 브로커의 밥이었다. 작품을 사겠다고 하고, 가격을 부풀려 이중 계약을 해도 싫은 소리 한마디 할 수 없었으니까.

그러니 나와는 엮일 일이 없는 사람이었다. 붓을 마지막으로 잡아본 지는 오 년이 넘었고, 설사 그린다고 해도 가격표를 붙일 수준은 아니었다. 그런데 그가 먼저 다가와 눈앞에 있는 후배의 그림이 어떤지 물었다.

"어떤 버전을 원하시는데요?"

"버전에 따라 답이 다른 거야?"

"일단 추상화지만 구도 좋고, 눈에 들어오는 색감이고, 뭘 그린 건지 모르겠지만 눈길을 끄는 면이 있죠. 꽤나 꼼꼼하게 그려서 대충 그린 것 같은 느낌과는 달리 디테일한 면들이 살아 있어요. 나쁘지 않아요. 너무 손이 가는 대로 그렸다는 것만 빼면. 저 자식도 자기가 뭘 그린 건지 모를 걸요. 그러니까 이렇게 떨어져서 봤을 때는 통일감이 없고, 눈에는 들어오지만 감흥은 없어요. 그냥 그림이죠. 흔한 추상화, 유화. 이게 솔직한 버전."

선배가 피식 웃었다.

"다른 건? 더 해봐."

"무채색 계열의 색으로 고독한 현대인의 절망을 밝은 색으로 그가 품고 있는 꿈과 대비해 그린 작품으로 역동적인 꿈과 정적인 고독을 각각 색상으로 대비해 현대인의 실존적 고뇌를 보여주고 있는 작품입니다. 색의 불균형이 이러한 은밀한 내면적 불안을 보여주는데, 심리적 불완전성을 강렬한 이미지로 화했죠. 이게 뭐, 적당히 이빨 까는 버전이죠."

"재밌네. 그런 식으로 이빨 터는 게 통하기는 하는 거야?"

"대중은 물론 이걸 사는 사람도 아무것도 모르거든요. 뭐가 아름다운지, 뭐가 좋은지 모르는 바보들이라고요."

내 말에 선배는 크게 웃었다.

"나도 몰라. 뭐, 이런 거 팔아먹고 살지만, 실은 좆도 모르겠다고."

멋쩍어진 나는 뭐라 말해야 할지 몰라 어물거렸다. 그러자 그는 별일 아니라는 듯 되물었다.

"얼마나 오를까?"

"첫 개인전치고 작품 수도 많고, 그려온 그림들을 비교해봐도 성장한 게 보여요. 작업실은 안 가봤지만 아마 엄청 열심히 작업하는 친구일 겁니다. 근데 그게 전부가 아닌 건 선배가 더 잘 아시지 않아요?"

"그래서 나 같은 사람이 필요하지."

선배는 악수를 청했다. 나는 이유도 모르면서 그의 손을 잡았다.

"일할 만한 아이템이 있는데, 관심 있으면 연락하라고. 길게 이야기하고 싶은데 내가 너무 바빠서."

악수를 하는 선배의 손목에는 파텍 필립[*]이 있었다.

명함을 책상 앞에 놓고 고민을 하긴 했지만, 답은 뻔했다. 건축 회사에 들어가 머리를 조아리는 일이 협회 총무 이름을 달고 세차하는 것보다 굴욕적일까? 파텍 필립까진 불가능해도 롤렉스는 찰 수 있지 않을까? 아니, 세이코만 찰 수 있어도 충분히 머리를 수그릴 만하지. 그렇게 약속을 잡았다.

막상 선배가 권했던 것은 뜻밖의 영국 유학이었다. 자신이 돈을 댈 테니 영국에서 박사를 따고 오라는 것이었다.

"영국에서 학위를 딴다고 교수가 될 수 있는 건 아니에요. 티오가 있는 학교들이 몇 없고, 그런 자리 교수는 아시다시피……"

"무슨 소릴 하는 거야? 그깟 선생질이나 하라고 영국까지 보내는 줄 알아?"

"그럼 왜……?"

---

[*]   고급 시계 브랜드의 정점. 현대 손목시계의 원형을 제시한 회사로 가장 싼 모델조차 중형차 한 대 가격이다.

"학교는 강사라도 좋으니 지금처럼 이름만 걸어놓고, 영국에서 박사를 따오는 게 중요해. 그런 게 그림 사는 놈이나 그리는 놈들한테 모두 먹히거든. 다녀오면 에이전시 하나 차려줄게."

"차려서 뭘 하는데요?"

"뭘 하긴. 운영해야지. 유학 갔다 와서 우리 학교 3, 4학년 애들 중에 그림 괜찮은 애들 골라서 졸업하면 계약하고 개인전 열어줘. 내가 너한테 그랬잖아. 애들 먹고살 수 있게 와꾸 짜줄 거라고."

너무 좋은 제안이어서 오히려 믿을 수 없었다. 내가 어떤 이유에서 미적거리는지 눈치챈 선배는 웃으며 그가 그리고 있는 큰 그림을 좀 더 자세히 설명해주었다.

"니가 젊은 유망주를 발굴해 오면 난 자산 관리 포트폴리오 차원에서 그림이 필요한 분들을 소개해줄 거야. 넌 평단 선배들에게 부탁해서 애들 좀 띄워주라고. 술도 사고, 인사도 시키고. 그렇다고 무슨 수를 쓰거나 너무 노골적으로 부탁하진 말고. 자연스럽게 친해지게 하라고."

아직 무슨 이야기를 하는지 이해하지 못했던 나는 인상을 찌푸렸다.

"이상한 제안 하는 거 아니야. 약을 칠 거면 널 영국에 보낼 필요도 없지. 큰 장사 하려면 순리대로 돌아가는 게 좋아."

"그럼 뭐로 돈을 버시려고요?"

"졸업생들 첫 개인전 하고 평단 호평 받으면 몸값 올리는 건 금방이잖아. 일단은 그렇게 시작하는 거야. 안 팔리면 나도 좀 사고. 넌 애들 설득해서 아트페어에 내보내라고. 일단 나오면 내가 부풀려서 적당히 질러줄 테니까. 그럼 그게 공식적인 몸값이 되는 거지. 팔 곳은 걱정 마. 이 바닥에 들어오고 싶은데 그림 볼 줄 몰라서 헤매는 인간들이 줄을 서서 기다리고 있으니까. 우리는 그분들 창고를 채워드리는 거지."

선배의 비전은 탁월했다. 영국에서 돌아온 이후, 그에게 소개받은 건설사 이사님이자 사주의 아들이 내가 기획한 첫 개인전에서 그림의 절반을 싹쓸이해 갔고, 얼마 뒤 사장이 된 그 도련님은 마음에 들지 않는 그림들을 정리해 두 배의 수익으로 보답받았다. 개발부지 인허가를 놓고 예술을 사랑하는 시장에게 그림도 선물하고, 회사 비자금으로 산 그림을 그가 파는 식으로 해서 양도세도 피했다.

좋은 소문이 퍼지는 건 금방이었다. 우리 에이전시에서 개최하는 신인 작가들의 개인전은 늘 매진 행렬을 기록했다. 나는 젊은 작가를 발굴하는 데 탁월한 눈을 지닌 에이전시 대표가 되어 이름을 날렸다. 다행히 그림은 좀 볼 줄 알았으므로 유망주를 찾아내는 것은 어렵지 않았다. 덕분에 중견 작가 몇과 계약할 수 있었고, 그다음부터는 땅 짚고 헤엄치기나 다름없었다. 그렇게 큰손들의 자산 세탁을 위한 풀패키지가 만들어졌다. 선배가 예측하지 못한 단 한 가지가 있다면 자신의 건강이었다. 빛나는 성공이 이어지던 황금기가 끝나갈 무렵 선배는 뇌졸중으로 쓰러져 오른쪽 반신이 마비되었다. 그때까지 우리는 아주 좋은 콤비였다.

글쎄. 누군가는 우리를 비난할지도 모르겠다. 하지만 나는 떳떳하다. 선배의 말처럼 평론가에게 우리 애들 호평을 써달라고 청탁한 적도 없었고, 뒷돈을 건넨 적도 없었다. 그저 4학년쯤 된, 싹수가 보이는 후배의 작업실에 술자리를 핑계로 몇 번 평론하는 친구들을 부르긴 했다. 정말 그림을 잘 그리는 재능 있는 친구들이고, 선배, 선배 하며 이제는 외로운 아저씨들을 잘 따르니 관계가 나쁠 리 없었다. 내가 하는 일은 그저 일이 년쯤 뒤 그 친구들의 개인전을 열어주고 초청장을 보내 그들의 관계를 서로에게 상기시켜주는 것이면 족했다. 나머지는 인지상정이란 단어로 알아서 굴러갔다. 가난한 무명 시절을 보내야 할지 모를 신인 작가에겐 나름의 화려한 데뷔였으며, 평론가에게는 자신의 영향력을 과시할 기회였고, 구매자는 돈을 벌었다. 누가 봐도 재능이 있고, 열심히 작품 활동을 하며, 구매욕을 자극하는 그림을 그리는 친구들만 골랐으므로 중간에 굳이 야로를 부릴 일도 없었다. 어차피 대부분의 사람은 어떤 그림이 좋은 그림이고 어떤 그림이 나쁜 그림인지 알지 못했다. 설사 안다고 해도 가격을 매기는 일은 또 다른 차원의 문제였다. 미술은 감히 돈이 끼어들 여지가 없는 예술이니까.

적당한 그림만 찾는다면 나머지는 저절로 굴러갔다. 신인의 리스크가 싫다면 중견 작가들이 있었다. 그들의 그림 몇 점을 옥션에 풀어 펌프질하면 나머지는 알아서 올랐다. 선배는 모두가 성공하는 필승 공식을 만들었고, 나는 그 공식의 성실한 이행자였을 뿐이다. 그 과정에서 불행해지는 사람은 없었다. 그렇게 벤츠를 몰고, 파텍 필립을 찰 수 있었다. 그러니까 한 재벌의 미술 창고가 열리기 전까지는 그렇게 모든 것이 알아서 돌아갔다.

그리고 창고가 열렸다. 더는 선배도 없었고, 배운 도둑질도 통하지 않았다. 지금 돌이켜보면 잠시 패닉에 빠졌던 것도 같다. 당시 나는 가장 빠르게 성장하던 신생 에이전시의 대표였으며 나름 영향력 있는 평론가였다. 하지만 그게 얼마나 허울뿐인 것인지는 나 자신이 가장 잘 알고 있었다. 그렇기에 반대로 내게 엄청난 능력이 있다고 스스로를 기만했다. 완판 신화가 깨진 것에 당황한 나는 인터뷰에서 이렇게 지껄였다.

"국내에서 신인 발굴하는 건 이제 충분합니다. 제가 영국 유학을 갔던 건, 단순히 신인 발굴에 목적이 있던 게 아닙니다. 제 꿈은 상하이, 홍콩, 베를린, 런던, 뉴욕으로 가서 그들에게 우리의 젊은 신인들을 소개하는 것입니다. 그래서 한국의 현대미술이 세계 어디에 내놓아도 빠지지 않는다는 걸 보여줄 생각입니다."

그건 누구에게 했던 것이 아닌, 나 자신을 속이기 위한 거짓말이었다. 모두의 기대와 우려를 한 몸에 받으며 출국 게이트를 나섰다. 그리고 이 바닥에서 빠르게 잊혔다.

그렇게 망했다.

엄밀히 말하면 한 번에 망했던 것은 아니다. 거의 팔 년에 걸쳐 서서히 말라죽어갔다. 매년 각 도시에서 열리는 옥션에 몇 개의 그림을 헐값에 팔고, 에이전시나 갤러리, 스튜디오 파티에 초청받아 그곳의 사람들과 면을 트는 동안에는 그래도 인맥을 넓히고 있는 중이라고 스스로에게 거짓말할 수 있었다. 유찰이 된 작품을 가지고 한국에 돌아가면 작가들을 만나 잘되고 있다고, 이번 옥션에서 반응이 있었다고 열렬하게 떠들어댔다. 얼마나 열정적이었는지 나 자신이 속을 정도였다. 이 바닥이 어떻게 돌아가는지 알고 있으므로 그들의 이너 서클 안에만 들어가면 나도 할 수 있다고 큰소리쳤다. 고작 인맥 따위. 나는 그저 어떤 계기가, 선배를 만났던 것처럼 불이 붙을 어떤 사소한 계기가 필요할 뿐이라고 믿어 의심치 않았다.

그사이 계약기간이 만료된 후배들은 하나둘 회사를 떠났고, 그림을 맡겼던 중견 작가들 역시 실망스러운 판매 실적에 등을 돌렸다. 그림을 모아뒀던 창고의 임대료가 버거워지고, 회사가 이름뿐인 유령 에이전시로 전락하는 동안 나는 이 모든 게 월급사장의 무능한 경영 탓이라 확신했다.

미술계의 세계적인 흐름을 읽는다는 이유로 이 시기의 대부분을 뉴욕에서 보냈다. 소호 인근의 렌털 아파트에서 시작했던 집도 미드타운을 거쳐 브롱크스에 있는 원 베드 아파트, 퀸즈의 한 인도인이 운영하던 건물 스튜디오, 마지막에는 사우스 자메이카 인근 차고를 개조한 집까지 차근차근 밀려났다. 소금기에 들뜬 페인트가 바람이 불 때마다 바스러지던 마지막 방은 하루 종일 들리는 비행기 소음 탓에 귀마개 없이는 잘 수조차 없었다.

그곳에서 아내가 보낸 이혼 서류를 받았다. 나는 서류를 천천히 읽어본 후 가장 좋은 옷을 골라 입었다. 이곳 에이전시에게 첫 초대를 받았을 때 메이시스에서 무리해 구매한 정장이었다. 섯편대로를 따라 삼십 분을 걸어 자메이카역까지 가 전철을 타고 파티가 있는 블리커 스트리트로 갔다. 그곳에서는 새로 브랜드를 만드는 운동화 회사에서 그라피티 스프레이 업체와 제휴해 뉴욕에서 가장 잘나가는 그라피티 작가들과 미술계 인사들을 초청한 론칭 파티를 하고 있었다. 지난 팔 년간, 인맥을 다진다며 이곳에서 거둔 성과는 초대장 검사도 하지 않는 론칭 파티에서 초대장을 받는 정도였다.

창고를 리모델링한 매장은 사방에 그라피티가 그려져 있었고, 매장 안쪽에는 누군가의 그라피티를 벽째 잘라서 전시해놓았다. 초대장 검사를 하지 않았으므로 뉴욕에서 할 일 없는 사람들은 모두 모일 기세였고, 이른 시간이었지만 사람들은 제법 많았다. 정장을 입은 사람들도 있었지만 어깨까지 타투를 하고 농구화에 반바지, 그래픽 티셔츠, 스냅백을 눌러쓴 꼬맹이들이 대부분이었다. 물론 그들이 오늘의 주인공인 대단하신 작가님들이었다. 파티장은 디제이들이 돌아가며 디제잉을 하는 탓에 대화를 하려면 소리를 질러야 할 판이었다. 그나마 브루클린 브루어리 맥주가 공짜였으므로 나는 맥주를 들고 이제는 한두 번 쯤 인사한 적 있는 사람들과 의미 없는 잡담을 주고받았다. 한때는 이 모든 것이 인맥을 쌓는 일이라고 믿었지만, 이곳 사람들은 파티에서 나누는 이야기에 큰 의미를 부여하지 않는다는 걸 이제는 알고 있었다. 미국인들은 만난 지 오 분 만에 십 년 지기처럼 웃고 떠들어대지만, 돌아서면 오 분 후엔 잊는 사람들이었다. 기억도 안 나는 누군가와 반갑게 인사하고 마지막에 포옹까지 했던 나는 맥주잔을 든 채 멍하니 서서 지금 무얼 하고 있는 건지 스스로에게 되물었다.

아니야. 괜찮아. 애써 지난 몇 년간 이곳을 광풍처럼 휩쓸었던 중국 열풍을 떠올렸다. 우리 화가들도 불가능하지 않아. 실력만 있으면 통하는 무대라고, 여기는.

나는 이 절망감과 우울함이 모두 맥주 때문이라고 생각했다. 이 순간 취한 탓에 그 기회를 놓치고 있는지도 몰랐다. 술에서 깨야 했다.

노력이 부족한 탓이야. 내 노력이.

찬바람이라도 쐬기 위해 뒷문으로 나왔다. 턱시도를 입은 백발의 노신사가 먼저 자리를 잡고 있었다. 신사는 벽에 기댄 채 직접 만 마리화나를 피우고 있다가 날 보자 미소를 지었다. 나는 그가 누구였는지 기억해냈다. 어퍼 이스트 사이드 어딘가에서 사십 년간 화랑을 운영하고 있다는 노신사였다. 나는 그에게 가볍게 목례를 했고, 그는 대답 대신 피우던 마리화나를 내밀었다. 나는 그 물건을 잠시 바라보았다. 한국에 돌아가면 아마도 아내와 이혼을 해야 할 것이다. 한 모금쯤은 빨아도 나쁘지 않을 것 같았다. 나는 마리화나 연기를 깊숙이 들이마셨다. 기침이 나왔다. 다시 그에게 마리화나를 되돌려주었다.

"이제는 모르겠어."

"네?"

"바스키아나 키스 해링까지는 그래도 뭐 따라갈 수 있었어. 매튜 바니나 로버트 고버부터는 이게 뭔가 싶더니 이제는 뭐가 뭔지 모르겠더라고."

실없는 웃음이 나왔다. 바스키아나 키스 해링이라면 이십 년 전에 죽은 사람들이었다. 그래도 그는 이십 년이나 화랑을 더 해 올 수 있었다. 어떤 그림이 좋은지도 모르며 내게 일을 맡겼던 선배가 떠올랐다. 이곳도 우리나라와 다를 바 없었다.

"안다고 뭘 할 수 있는 것도 아닌데요."

"그래. 자네는 여전히 그림 팔려고 기웃거리는 건가?"

웃음이 또 나왔다. 그가 나를 기억하리라 기대하지 않았으니까.

"네."

"돌아가. 런던에서 학위를 딴 동양인 정도는 이 바닥에선 발길에 차이는 돌만도 못하니까."

나는 실없이 나오는 웃음을 참으며 말을 이었다.

"아니, 아시아 미술 붐이라고요. 중국 그림들 보세요. 저도……"

"그거야 중국인들이 옥션에서 가장 큰손들이니까. 크리스티나 소더비에서 요즘 가장 많이 돈을 쓰는 건 중국인들이야. 그러니 그들에게 장사하려는 사람들이 팔 그림값을 올리려고 앞으로의 기대주들을 사는 거라고. 자네 그림을 팔고 싶어? 아트페어에서 팔 그림의 열 배쯤 질러. 그러고 나면 다들 자네가 파는 그림에 주목할 테니까. 이딴 말도 안 되는 파티를 수천 번 기웃거려보라고. 자네가 파는 그림 따위에는 아무도 신경 안 쓸 테니까. 예술 학교에서 매해 찍어내는 애새끼들이 온갖 이상한 걸 작품이라고 들고 오는 판인데. 내 비서는 우편으로 받는 도록은 보지도 않고 반송해. 편지 양식이 컴퓨터에 저장되어 있어. 보내주신 그림은 잘 봤습니다. 유감스럽게도 어쩌고저쩌고."

그는 손가락을 구부려 따옴표 제스처를 했다. 웃음이 나왔다. 결국 돈의 문제였다. 어떤 이야기를 하는 것인지 너무나 잘 이해할 수 있었다. 내가 하던 일 역시 크게 다르지 않았으니까. 서울에서 같은 방식으로 그림을 팔아놓고서 이곳에선 그토록 순진하게 실력이 있으면 될 거라고, 정치를 잘해 인맥을 만들고, 그들의 이너 서클에 들어갈 수 있으리라고 믿었던 걸까.

우리나라 사람들도 좋은 작품으로 승부할 수 있는 기회가 열려 있긴 했다. 여긴 기회의 땅이니까. 이곳으로 유학을 와서 이곳 예술 학교에서 공부하고, 이곳 교수와 평론가 눈에 들어 이곳의 작가로 데뷔하는 것이다. 실력과 운만 있다면 누구나 성공할 수 있었다. 슬프게도 그런 작가가 나와 일할 이유가 없을 뿐이었다. 나는 지금까지 내게 운이 없다고 생각했었다. 하지만 그것은 운 이전의 문제였다. 이곳은 기회의 땅이었다. 그러나 나 같은 이에게까지 자리를 허용할 정도로 그 기회라는 것이 넓지 않았다. 그저 일회성으로 한국 관련 기획전을 할 때 그림을 빌려줄 사람 정도로 나란 존재는 족했던 것이다. 그리고 나는 그것이 무슨 대단한 정치인 양 착각하고 있었다. 그게 싫다면 이 세계의 영원한 승리자인 자본으로 기회의 문을 강제로 열어젖히면 되는 것이었다. 어리석게도 나는 어설픈 돈으로 어설프게 비비며 허송세월하고 있었던 것이다.

그는 마리화나를 다시 내게 내밀었다. 한 모금 깊이 더 빨았다. 머리가 띵했다. 이번에는 기침이 나오지 않았다. 갑자기 모든 것이 분명하고 또렷해졌다. 지금까지 나 자신의 어리석음에 웃음이 나왔다. 나는 웃었다. 배가 아플 정도로 깔깔거렸다. 그런 나를 초점 없는 눈으로 바라보던 노신사는 툭 던지듯 물었다.

"미술 좋아하나?"

미대 교수가 사반세기 전 입시 면접에서 내게 물었던 질문이었다. 나는 그때처럼 고개를 끄덕였다. 그는 팸플릿을 한 장 내밀었다. 거기엔 이렇게 적혀 있었다.

'회랑을 배회하는 양떼와 그 포식자들'

"가봐. 안목이 트일 테니까."

노신사의 말에 흥미가 동했지만, 이내 제목 아래 적힌 광고 문구가 의욕을 꺾었다.

'금세기 최고의 공포 퍼포먼스'

세상에! '금세기 최고'라니. 제대로 생각이 박혀 있는 마케팅 담당자라면 절대로 쓰지 못할 문구였다. 이딴 팸플릿을 만드는 자들이 무언가 제대로 된 걸 할 수 있을 리 없었다.

"가봐. 뭐가 진짜 두려운지 알게 될 테니까."

나는 가겠다 답하고 그에게 미소 지었다. 하지만 가지 않으리라. 퍼포먼스 따위, 팔아먹기도 힘든걸.

집에서는 여전히 이혼 서류가 기다리고 있었다. 마리화나 탓인지, 현실에 눈을 뜬 탓인지 처음으로 머리가 차갑게 식었다. 한국에 돌아가야 했다. 아마 이 화살을 피할 수 없을 테지. 미뤄왔던 빚을 청산할 시간이었다. 고통스럽지 않을 리 없었다. 나는 짐을 꾸렸다. 몇 가지 물건을 포기하고 나자 지난 팔 년은 슈트케이스 하나로 압축되었다. 아니, 실은 남은 물건들도 수화물 요금을 내며 항공편에 실어야 할 만큼의 가치가 없었다.

다음날, 나는 뉴욕 현대미술관으로 향했다. 이 도시에 다시 돌아올 수 없을지도 몰랐으므로 가장 좋아하는 그림을 눈에 담아둘 생각이었다.

네 시간 쯤, 잭슨 폴록의 〈One: Number 31〉 앞에서 멍하니 그림과 그 그림을 보는 관객들을 봤다. 워낙 거대한 대작인 데다 관광객으로 북적이는 미술관이니만큼 결코 그림만 볼 수는 없었다. 어쩐지 관객들조차 이 거대한 그림의 일부 같았다.

이곳에 와서 이 그림을 직접 보기 전까지 잭슨 폴록은 좋아하는 작가가 아니었다. 그저 이름뿐인, 명성 자체가 위대함의 전부가 아닐까 의심했던 적도 있었다. 클레멘트 그린버그*가 만들어낸, 그저 허울뿐인 모더니티의 얼굴마담이라 생각했었다. 하지만 직접 그린 그의 그림을 보자 얼마나 정교하고 세심하게 만들어낸 걸작인지 알 수 있었다. 마치 프랙털**처럼 부분들은 아무리 작게 나눠도 전체와 유사성을 지녔고, 전체는 늘 부분의 총합보다 컸다. 동시에 어디에도 같은 부분은 없었다. 그것이 혼돈에 부여된 기묘한 질서였다. 그리고 그 질서가 보인다고 생각하는 순간 다시 시야에서 빠져나가 선과 점으로 흩어졌다. 삶이 지닌 모호함처럼 말이다. 흩뿌려 우연히 그린다는 그의 이미지는 우연성을 강조하기 위해 그야말로 만들어진 이미지일 뿐이었다. 가까이 다가가 흩뿌려진 물감들이 이루고 있는 층을 바라보면 이 우연이야말로 섬세한 계산에 의해 이뤄진 필연적인 결과물이라는 걸 깨닫게 된다. 〈One: Number 31〉은 잭슨 폴록이 유일하게 술을 끊었던 해

---

* 미국의 저술가이자 평론가. 전후 유럽에 독립적인 미국 미술의 사상적 기초를 마련한 사람으로 모더니즘 회화론을 정립했다. 아방가르드와 키치의 개념을 규정하고, 큐비즘을 적극적으로 옹호했다.

** 기하학적으로 자기 유사성을 가지는 구조. 도형의 일부를 확대했을 때, 일부가 전체와 유사성을 가지는 형태를 말한다.

에 만들어진 작품이었다. 그럴 수밖에 없었다. 이런 정교함은 무언가에 의지해 만들어낼 수 있는 종류의 것이 아니었다. 이것은 불꽃이었다. 뉴욕에서 쏘아올린 비트 세대의 축포였다.

나락으로 떨어지더라도 이런 불꽃을 쏘아올릴 수 있다면 삶은 의미 있는 게 아닐까. 나도 이곳에 내가 발굴한 작가의 그림을 걸고 싶었다. 불꽃은 되지 못하겠지만, 불꽃을 쏘아올리는 발사대 같은 것이라도 되고 싶었다. 나는 그림 앞 벤치에 앉아 끝내 울음을 터뜨렸다. 나는 도대체 뭘 하고 있던 걸까?

미술관 밖으로 나오자 부슬비가 오기 시작했다. 코트 주머니에 손을 넣었을 때, 팸플릿이 손에 닿았다. 노신사가 준 바로 그 팸플릿이었다.

'회랑을 배회하는 양떼와 그 포식자들'

'금세기'를 강조하는 광고 문구 밑에는 장소와 시간이 적혀 있었는데 위치는 첼시와 헬스키친 사이 어딘가의 포구 쪽 창고 건물 같았다. 집에 돌아가면 슈트 케이스와 내일자 비행기표가 이륙하는 제트기 소음과 함께 기다리고 있을 터였다. 바닷바람에 불어터진 쥐구멍 같은 그곳으로 돌아가고 싶지 않았다. 나는 거리를 가늠해보았다. 이곳에서 천천히 걸어가면 퍼포먼스가 시작되는 시간에 딱 맞게 도착할 수 있을 것 같았다. 걷기엔 다소 멀었지만 달리 할 일도 없었다. 설사 형편없다 해도 이곳에서의 형편없는 내 실패만 할까? 아니, 엉망이라면 차라리 좋을 것 같았다. 그러면 이 비참함에 어떤 완결성을 부여할 수 있을 테니까.

관광객들과 뉴요커들 사이에 뒤섞인 채 8번가를 내려오는 동안 소음과 그레이비소스 냄새가 그림자처럼 따라왔다. 신호등에 멈춘 2층 관광버스에서는 우비를 입은 사내 하나가 내 모습을 무슨 대단한 광경이라도 되는 양 연신 사진을 찍어댔다. 부슬비는 쉴 새 없이 흩뿌렸고 양말은 젖어 구두 안이 눅눅했다.

그렇게 도착한 곳은 강바람이 마구 몰아치는 한 창고 건물 앞이었다. 첼시의 부동산값 폭등과 맞물려 한창 리모델링이 진행되는 거리였다. 옆의 낡은 빌딩은 한창 다시 페인트가 칠해지고 있었고, 그 옆 창고는 이미 새 단장을 해 디자이너 부티크로 변해 있었다. 허드슨강에 면한 붉은 창고는 이 주변에서 유일하게 낡은 건물이었다. 건물 앞에는 그 흔한 광고판이나 공연을 알리는 걸개 하나 없었다. 리모델링 공사 직전 잠깐 임대 기한이 비는 건물에서 단기임대로 치고 빠지는 공연 같았다. 일종의 아트워싱*인 걸까? 기대는 더욱더 바닥으로 내려앉았다. '금세기 최고'는 제대로

---

* 빈민가 부동산 업자들이 예술가들에게 스튜디오나 갤러리를 싼값에 임대해 원주민을 쫓아내고 젠트리피케이션을 유도하는 일. 가난한 원주민을 예술가로 청소한다는 의미에서 아트워싱이라고 한다.

된 장소조차 빌릴 여력이 되질 않는다는 소리였으니까.

그래도 모퉁이를 돌아서자 제법 긴 줄이 있었다. 대부분 정장을 입은 사람들이었기에 드레스 코드가 있었나 싶어 팸플릿을 다시 확인했다. 다행히 그런 건 없었지만, 옷차림으로 보아 과반은 제법 사는 사람들 같았다. 인사를 나눈 적은 없지만 어느 파티에선가 스쳐 지나간 듯한 낯익은 얼굴도 보였고, 한 번도 소개받은 적이 없는 탓에 인사조차 못해본 유럽 무슨 귀족 혈통의 컬렉터가 주요 신문사에 평론을 연재 중인 대머리와 심각한 얼굴로 이야기를 나누고 있었다. 어느 모로 보나 이 행렬과 어울려 보이지 않는 몇몇의 젊은 작가나 허술한 후드를 입은 미대생 무리를 제외하곤 다들 거물들이 틀림없었다. 쓴웃음이 나왔다. 떠나기로 결정한 순간에 와서야 그토록 가보고 싶었던 큰손들의 비공개 퍼포먼스에 초청받은 셈이었으니까.

줄 서 있는 동안 부슬비는 그쳤다. 해가 넘어가고 젖은 옷으로 강바람을 맞자 추웠다. 가로등이 켜지기 시작하자 적벽돌로 만들어진 낡은 창고 건물의 녹슨 셔터 문이 올라갔다. 우리는 일제히 창고 안으로 들어갔다. 창고 안에는 트럭을 댈 수 있는 주차 공간이 있었고, 그 앞에는 화물을 쉽게 부릴 수 있도록 단차가 있었다. 그 위에 턱시도를 입은 사내가 플라스틱 늑대 가면을 쓴 채 나타났다. 턱이 없는 그 가면은 늑대의 이목구비가 묘하게 어긋난 탓에 기이해 보였다. 그의 등장과 동시에 셔터 문이 닫혔다. 그 소리에 여대생으로 보이는 내 앞의 아가씨가 흠칫 놀랐다. 주차장 안에는 서른 명 남짓의 사람들이 있었는데, 오늘 퍼포먼스를 볼 사람들은 이게 전부인 것 같았다.

"이렇게 보러 와주셔서 감사합니다."

늑대 가면이 입을 열었다. 사람들이 조용해졌다.

"한 가지 주의사항을 말씀드리겠습니다. 저희 퍼포먼스는 어디까지나 전문적인 실현자들에 의해 진행되는 공연입니다. 다소 무섭거나 불쾌해 보이는 상황이 생기더라도 어디까지나 공연의 일부임을 명심해주시기 바랍니다. 무엇보다 여러분이 이 상황을 오인해 겁을 먹고 패닉에 빠질 경우, 공연 전반의 안전은 물론 여러분의 안전에도 문제가 생길 수 있다는 사실을 명심해주시고, 침착한 대처 부탁드립니다."

나는 후회하기 시작했다. 이 정도면 현대미술의 퍼포먼스가 아니라 테마파크에 있는 셈이었다. '금세기 최고'라는 광고 문구가 눈앞에서 반짝이는 기분이었다. 늑대 가면은 문을 열었다. 열린 문 안은 깜깜했다. 다소 느슨한 분위기에서 사람들은 차례로 통로 안으로 들어갔다. 떠드는 사람들의 목소리로 창고 안은 소란스러웠다. 여자 관객 몇은 복도 안으로 들어가다 비명을 질렀다. 내 차례가 되어 들어서자 이유를 알 수 있었다. 복도 안은 어둡기도 했지만, 그보다는 검었다. 거의 완벽히 검었다.

검다는 것은 단지 무채색의 어두운 색을 의미하는 것만은 아니다. 검은색은 본질적으로 빛을 흡수한다. 반타 블랙*이나 **블랙 2.0처럼 빛의 흡수율이 99퍼센트를 넘어서면 그것은 색이 아니라 그저 무(無)로 보인다. 복도 전체를 그런 색으로 칠했으니 안으로 들어서는 순간 암흑 공간에 던져지는 느낌이 들었다. 광장공포증이 있는 사람이라면 겁을 먹을 정도로 사람을 압도하는 검은색 복도였다.

조금 놀랍고 기발하다는 생각을 했지만 경고처럼 두려울 정도는 아니었다. 그보다는 오히려 얼마가 들었을까 하는 생각이 먼저 떠올랐다. 블랙 2.0이라면 그렇게 부담되는 가격은 아니었을 거란 생각이 들자, 서울에서 비슷한 시도를 해볼 수 있겠다는 계산이 섰다. 요즘은 인터넷과 SNS 탓에 외국에서 무언가를 빨리 수입해와 돈을 벌 기회가 없었다. 하지만 이건 은밀한 모임 같으니 빨

---

* 세상에서 가장 검은 색. 탄소 구조체를 이용해 빛의 흡수율이 99.96퍼센트에 이른다. 인도 출신 건축가 아니쉬 카푸어가 반타 블랙의 예술적 사용권을 독점하고 있다.

** 아니쉬 카푸어가 반타 블랙의 예술적 사용을 독점하자 예술가들과 과학자들이 모여 만든 '최고는 아니지만 충분히 검은 색'. 아니쉬 카푸어를 제외한 누구에게도 사용권이 열려 있으며, 가격도 상대적으로 매우 저렴한 편이다.

리 퍼질 가능성은 없어 보였다. 그러니 여기서 본 것들을 가져가 뭔가를 기획해볼 수 있을 것 같았다.

그사이 사람들은 검은 복도 안쪽으로 들어섰다. 검은 벨벳으로 뒤덮인 홀이 나왔고 그 가운데는 해체된 양이 조명을 받으며 걸려 있었다. 마치 걸개처럼 얇게 슬라이스되어 허공에 걸린 박제된 양은 데미안 허스트의 작품을 연상시켰다. 〈양떼로부터 저 멀리〉와 한때 우리나라에서 열광했던 〈인체의 신비전(展)〉의 슬라이스 표본을 합쳐놓은 것 같은 작품이었다. 역시나 관객들 몇에게서 비명과 탄식이 나오긴 했지만 실상 놀라운 작품은 아니었다. 이런 식의 해체 쇼가 나온 것도 이미 이십 년 전이었고, 국내에 소개된 것도 십 년 전이었다. 데미안 허스트 이후 비슷한 시도는 예술적으로 동어반복일 뿐이었고, 〈인체의 신비전〉은 과학의 이름을 가장했지만 본질적으로 대중의 가학성과 관음증을 충족시켜주는 일종의 고어 쇼였다. 금세기 최고 운운하더니 일종의 복고인 건가? 나도 모르게 혀를 찼다. 옆에선 홀린 듯 양의 장기를 구경하는 십대 아이가 있었다. 주근깨 가득한 얼굴로 헤드폰을 눌러쓴 그 아이에게는 제법 신기한 구경거리이리라. 나는 아이를 앞질러 다음 홀로 향했다.

홀과 홀 사이의 꺾어지는 검은 복도를 지나자 홀 입구에 중국집을 연상시키는 붉은 발이 드리워져 있었다. 발을 헤치고 들어서자 검은 돌로 된 긴 테이블이 모습을 드러냈다. 검은 테이블에는 붉은 새틴으로 된 식탁보가 비스듬히 씌워져 있었고 그 테이블 위에는 양으로 보이는 짐승이 갈비뼈를 드러낸 채 반쯤 해체되어 있었다. 그 앞에는 역시나 플라스틱으로 된 턱이 없는 하이에나와 독수리 가면을 쓴 턱시도들이 생고기를 게걸스럽게 먹고 있었다. 피비린내가 확 밀려왔다. 확실히 충격적인 광경이었다. 몇몇 여성 관객들은 채 보지 못하고 고개를 돌려 헛구역질을 했다. 양고기 육회가 있다는 이야기를 들어보긴 했다. 진짜 양고기일까? 퍼포먼스가 행해지는 무대와 관객들이 지나가는 위치에 구분이 없었으므로 나는 가까이 다가가 양을 살폈다. 탁한 눈을 하고 허공을 보고 있는 양의 얼굴은 아무리 봐도 진짜 같았다. 양의 콧잔등에는 철사로 만든 안경이 씌워져 있었고, 다리에는 양말과 신발이 신겨져 있었다. 배는 갈려 갈비뼈가 드러난 채 양쪽으로 피에 젖은 양털과 가죽이 말려 있었고, 장기도 생생했다. 어딜 봐도 늑대가 먹다 남긴 양을 두 턱시도가 뒤처리하고 있는 것만 같았다. 진짜라면 충격받아도 이상하지 않을 모습이었다. 이것도 죽음에 대한 일종의 숭고미라고 부를 수 있는 걸까? 겁에 질린 관객들이 먼저 지나간 탓에 남아 있는 관객은 몇 명 되지 않았다. 사람들은 혐오감을 감추지 않았지만 나는 그래도 명색이 에이전시 사장이었던 만큼 이 퍼포먼스의 제반 내용이 더 궁금했다.

저 시연자들은 도대체 얼마를 받고 저 일을 하는 걸까? 노동법에 걸리는 건 아닌가? 아니, 저들이 행위 예술가인가? 그럼 이 퍼포먼스에 대한 저작권이 있는 건가? 이 양이 진짜라면 식품 관련 위생법 위반은 아닐까? 관련 법규가 있을 테고 누가 신고할지 모르니 걸리지 않으려면 당연히 정교한 모형이어야겠지. 아마 영화 특수 분장 팀을 쓴 걸 거야. 그런데 어떻게 이렇게까지 실감 나지? 냄새 탓인가? 피비린내가 나서 진짜 같이 보이게 한 건 정말 탁월한 선택이네.

나는 비슷한 퍼포먼스를 국내에서 보여줄 수 있을지 머릿속으로 계산하기 시작했다. 적당한 행위 예술가를 섭외해 도축장 같은 장소에서 하면 이 고상한 뉴욕의 퍼포먼스보다 더 쇼킹할 터였다. 벽에 어울릴 만한 기괴한 그림을 그릴 젊은 작가 몇 명을 섭외해 기획전처럼 꾸미면 돈이 될 것 같았다. 관련법을 알아봐야 하겠지만 화려한 복귀가 될 수 있으리라. 언론에선 찬반 논쟁이 뜨거울 테지만 그 덕에 참여한 작가들은 이름값이 오를 터였다. 운이 좋다면 떠나간 고객들이 돌아올지도 모른다.

여기까지 생각하자 가슴이 두근거렸다. 눈앞에선 턱시도들이 정체를 알 수 없는 고기를 우적우적 씹고 있었지만 그것은 이미 개선장군을 위한 찬가처럼 들렸다. 사람들은 어느새 다음 홀로 건너가고 있었지만, 나는 이 퍼포먼스의 디테일을 최대한 눈에 담기 위해 꼼꼼하게 두 사람을 살폈다.

양복이 좋을까? 백정 옷은 어떨까? 아니야. 도살장용 앞치마에 하늘색이나 노란색 장화를 신기는 거야. 그게 피랑 대비가 될 테지. 검은 돌 테이블이라면 도살장과 어울리지 않으니까 스테인리스 테이블로 하는 거야. 맞춤 제작을 하면 돈이 많이 들 테니 장소를 정하고 중고를 구해야겠군. 양을 한 마리만 할 게 아니라, 직장인처럼 양복을 입히거나 드레스를 입혀서 암수 두 마리로 하는 게 좋겠어. 아니야. 꼭 양으로 할 이유가 있을까? 넥타이 같은 걸 매면 돼지도 그럼 좋잖아.

이런 생각을 하는 사이 홀에 홀로 남았다. 문득 걱정이 됐다. 소수 인원으로 하는 퍼포먼스였다. 늦게 가면 다른 걸 놓칠지도 몰랐다. 한국에서 팔아먹기 더 좋은 공연이 있지 않을까?

초조한 마음에 다음 홀로 이어진 검은 복도를 따라 달렸다. 너무 검은 탓에 복도는 끝나지 않을 것처럼 느껴졌다. 앞에서 미대생으로 보이는 학생이 모퉁이를 돌고 있었다. 왜 이렇게 통로를 미로처럼 빙빙 돌게 만든 걸까. 공연장의 동선은 관람의 효율성을 위해 가능하면 짧게 잡는 게 상식이었다. 이해할 수 없는 구성에 짜증이 났지만 다 보고 나면 의미를 알 수 있을지 모른다고 스스로를 다독였다. 하긴 이 긴 탄광 같은 통로가 관객의 폐소감을 증폭시켜주는 효과가 있는 것 같았다. 덕분에 다음 공연이 더 충격적으로 다가오는 것이리라.

막 모퉁이를 돌아서는 순간 벽 쪽에서 끼익 하는 소리가 들렸다. 반사적으로 발걸음을 늦췄다. 검은 복도 탓에 무엇이 나타날지 몰라 덜컥 겁이 났던 것이다. 모퉁이를 완전히 돌자 앞서가던 미대생의 모습이 반으로 보였다. 순간적으로 당황했지만, 이내 무슨 일이 일어난 것인지 깨달았다. 복도에 숨겨져 있던 검은 문이 열린 것이다. 열린 문에 미대생 몸의 절반이 가려져 마치 사라진 것처럼 보였다. 전시회장의 가벽 사이에 여러 이유로 감춰진 문을 만드는 경우가 종종 있었다. 그런데 관람객이 있는데 문이 열리다니, 무언가 문제가 있는 건가 싶었다. 그때 눈앞의 검은 공간이 움직였다. 나는 멈춰 서서 그 공간을 응시했다. 분명 검은색이 움직이고 있었다. 문득 그것이 검은 타이즈를 머리부터 발끝까지 뒤집어쓴 사람이라는 것을 깨달았다. 나는 거의 반사적으로 열린 문 뒤에 숨었다. 그 검은 사람은 둔기처럼 보이는 검은 몽둥이를 손에 들고 있었다. 그는 미대생의 뒤로 다가가 그것을 뒤통수에 휘둘렀다. 픽 하는 소리와 함께 학생은 무너지듯 쓰러졌다.

내가 뭘 보고 있는 거지?

심장이 미친 듯 뛰었다. 무언가 목소리를 내고 싶었지만 나오지 않았다.

이것도 퍼포먼스의 일부인가?

생각보다 몸이 먼저 움직였다. 나는 열린 문 뒤에 바짝 붙어 숨을 죽였다. 무언가 질질 끌리는 소리가 들렸다. 보지 않아도 쓰러진 미대생이 끌려가고 있다는 걸 알 수 있었다.

별일 아닐 거야. 그래. 이것도 퍼포먼스인 거지. 정말 훌륭한 퍼포먼스네. 공포라더니. 정말 쫄았잖아. 이런 건 생각도 못했는데.

하지만 생각과 달리 손은 어느새 주머니 안의 휴대폰을 꽉 쥐고 있었다. 911에 전화를 걸고 싶었지만 그저 이게 퍼포먼스의 일부일지 모른다는 생각이 머릿속을 떠나지 않았다. 아니, 실은 휴대폰을 켜면 내가 숨어 있는 곳이 들키리라는 걱정 때문에 꼼짝할 수 없었다. 그러는 동안 끌리는 소리는 점점 커져 바로 문 너머 반대쪽까지 가까워졌다. 검은 문을 사이에 두고 피비린내가 훅 밀려왔다. 몸이 떨렸다. 스스로에게 말했다.

아까 있던 홀에서 나던 냄새일지도 몰라.

끌리는 소리가 멈췄다. 문을 사이에 두고 누군가의 호흡소리가 들렸다. 나는 숨을 멈췄다. 숨이 막혔고 침묵은 끝나지 않을 것 같았다. 산소를 달라고 뛰는 맥이 빨라지며 그렇게 끝나지 않을 것 같았던 찰나의 순간이 흘렀다.

잠시 멈췄던 검은 옷이 다시 움직였다. 이윽고 문이 닫혔다. 참았던 숨이 터져나왔다. 다시, 나는 검은 공간에 홀로 있었다. 앞 사람이 쓰러졌던 바닥을 노려보았다. 아무것도 없었다. 핏자국이 있더라도 검은 도료를 칠하면 보이지 않을 테지. 나는 내가 보았던 걸 확신할 수 없었다. 휴대폰을 꺼냈다. 안테나는 뜨지 않았다. 이 모든 게 마치 끝나지 않을 악몽 같았다.

다음 홀에는 이미 어떤 관람객도 보이지 않았다. 그저 빈 홀의 중앙에 유리관 하나가 놓여 있었다. 유리관 안에는 피부가 모두 벗겨져 근육이 드러난, 시신인지 모형인지 알 수 없는 존재가 서 있었다. 그 앞에는 제목이 적혀 있었다.

'양털깎기'

나는 간신히 구역질을 참았다. 그 근육뿐인 무언가는 헤드폰을 쓰고 있었는데, 가장 첫 홀에서 마지막까지 남아 양을 유심히 보던 주근깨 가득한 십대 소년의 그것과 같았다.

설마, 시간이 너무 짧잖아. 아니야, 내 착각이야. 우연이라고. 흔한 헤드폰일 뿐이잖아.

흥분한 심장이 마구 박동하는 동안 스쳐 지났던 순간들이 조각처럼 맞춰졌다.

왜 다른 관람객들은 보이지 않는 걸까? 왜, 이곳의 복도들은 길고 빙빙 돌게 만들어졌을까? 왜, 이 돈도 되지 않는 퍼포먼스를 무료로 보여주는 것일까? 왜 휴대폰은 터지지 않는 것일까? 왜 이 공연의 제목은 회랑을 배회하는 양떼와 그 포식자들일까?

유리관 너머에서 풍겨 나오는 독한 포르말린 냄새 역시 예사롭지 않았다. 하지만 동시에 이 공포감조차 기획된 것은 아닐까, 이것은 착각이고 이 착각마저도 잘 계산된 퍼포먼스의 일부가 아닐까. 하지만 전화기는 터지지 않았고 돌아갈 용기가 없었으므로 최대한 빨리 앞으로 나가는 수밖에 없었다. 다른 관람객들과 만나면 괜찮을 거야. 스스로에게 또 다른 거짓말을 하며 통로로 향하는 순간 벗겨진 인간의 피부와 마주쳤다. 출구 바로 앞에 트로피처럼 걸려 있는 그 가죽뿐인 피부의 얼굴에는 분명 주근깨가 있었다. 비명을 억지로 삼켰다. 기절할 것처럼 어지러웠지만 이곳에서 쓰러지면 끝이라는 생각에 이를 악물고 앞으로 나아갔다.

다음 복도는 더 길었다. 끝나지 않을 것 같은 긴 검은 복도를 달리며 매 순간 어디서 벽이 열릴지 모른다는 두려움에 떨었다. 나 역시 도축될 또 다른 양일까?

넘어질 듯 비틀거리며 나는 다음 홀로 튀어나왔다. 다음 홀에는 긴 테이블이 있었다. 테이블에서는 턱시도를 입은 늑대 가면과 열두 명의 비둘기 가면이 앉아 있었다. 모두 다른 옷을 입고 있는 열두 명의 비둘기 가면은 일제히 날 노려보았다. 비둘기들의 형형한 붉은 눈동자와 눈이 마주치자 피가 차갑게 식는 것 같았다. 그들의 앞에는 접시가 놓여 있었고, 접시에는 블루 레어로 구운 피가 떨어지는 스테이크가 있었다. 테이블 끝에는 스크린이 있었고, 스크린에서는 8밀리 필름으로 찍은 도축장 영상이 흘러나

오고 있었다. 노이즈가 가득한 영상에서 컨베이어 벨트에 양들이 실려가는 동안 도살자로 보이는 남자가 인터뷰를 했다.

"죽음의 순간까지 양들은 아무것도 모릅니다."

그리고 그 짧은 인터뷰에 루프를 걸어 남자의 목소리는 계속 반복되었다.

"양들은 아무것도 모릅니다."

"양들은 아무것도 모릅니다."

"양들은 아무것도 모릅니다."

"양들은 아무것도 모릅니다……"

늑대 가면이 곧장 내게 다가왔다. 나는 자세를 곧추세우며 애써 태연한 표정을 지었다.

"괜찮으십니까?"

그가 가장 처음 말했던 주의사항을 떠올렸다. 결코 겁에 질리지 말 것. 본능적으로 나는 그 규칙이 가장 중요하다는 걸 깨달았다.

"네. 제가 늦은 줄 알았습니다."

"아니요. 다행히 아직 늦지는 않았습니다."

그의 안내에 따라 긴 테이블의 빈자리로 향했다. 내 걸음을 쫓아 비둘기 머리들이 움직였다. 나는 그들의 복장을 보고서야 그들이 다른 관람객들이었음을 깨달았다. 열두 명이 남은 거라면 다른 십여 명은 어디로 사라진 것일까? 테이블 앞을 가로지르고 있을 때, 나는 문득 그들이 레오나르도 다빈치의 〈최후의 만찬〉과 같은 구도로 앉아 있음을 깨달았다. 사도에게 열네 번째 자리는 없었다.

"이렇게 모시게 된 걸 유감으로 생각합니다. 아시다시피 현대미술에 무지한 사람들은 이 예술적인 모임을 오해할 수도 있습니다. 때문에 이렇게 은밀한 자리를 만들었습니다. 아시다시피 대중들은 아무것도 모르니까요."

그랬다. 내가 했던 말이니까. 현대미학은 개념적이고 관념적이며 통시적인 맥락이 중요한 탓에 그것을 즐기려면 학습이 필요했다. 그리고 그렇기에 부자들이 사랑했다. 잉여의 돈과 시간이 없는 이들에게는 결코 들어올 수 없는 장벽 너머의 세계였으니까. 미학적 감수성이 새로운 계층을 만들어냈다. 늑대는 내게 가면을 내밀었다. 비둘기 머리 가면이었다. 고무로 된 그 가면의 부리와 눈이 살아 있는 것처럼 생생했다.

"굉장히 떠시네요."

"비를 맞았더니 추워서요."

프로젝터의 영상은 바뀌어 있었다. 프릭 쇼라 부르는 과거의 기묘한 쇼들의 이미지가 차례로 나타났다 사라졌다. 흑백사진 속에는 꼽추, 난쟁이, 샴쌍둥이와 언청이, 그리고 수염이 난 여자와 종양이 몸을 덮은 아이가 나왔다. 초기 자본주의, 제국주의 시대의 망령들이 하나둘 되살아나는 것 같았다. 나는 깨달았다. 현대 미술이 말하는 초월적인 카타르시스야말로 프릭 쇼의 또 다른 재현이었다. 세계가 깨어지는 충격에서 오는 미학적 쾌감은 이 세계에 속하지 않는 기형을 보는 것과 크게 다르지 않았던 것이다. 나는 노신사의 말을 떠올렸다. 비로소 이 퍼포먼스란 이름의 쇼가 진정 두려운 이유를 깨달았다. 금세기 최고라는 광고 문구조차 이전 세기의 프릭 쇼에 대한 일종의 오마주였던 것이다.

"그런데 제 자리는 없는 거 같은데요."

"알고 계셨군요. 쇼는 계속되어야 하니까요."

비둘기들이 일제히 자리에서 일어났다. 그리고 손가락으로 날 지목했다. 어디까지가 쇼이고 어디까지가 현실일까? 저들은 관람객일까? 공범일까? 아니면 또 다른 양일까? 비둘기들은 나를 향해 다가왔다. 늑대의 울음소리가 들렸다. 나는 뒷걸음을 쳤다.

추상이 회화의 경계를 지웠던 것처럼 공포와 퍼포먼스가 뒤섞이며 현실과 꿈의 경계가 지워지고 있었다. 포스트모던이 구조를 해체했던 것처럼 나 또한 제단 위에서 해체될 터였다.

비둘기들의 붉은 눈이 날 향해 다가오는 동안 등 뒤로 검은 발걸음 소리가 들렸다. 한 걸음, 한 걸음, 발소리가 어둠 속으로 녹아들 때마다 소름이 몸을 따라 역병처럼 퍼졌다. 보이지 않았지만 알 수 있었다. 암흑이 머리 위로 떠올랐다. 미뤄온 운명이 비로소 날 따라잡을 차례였다. 늑대는 미소 지었다.

"괜찮아요. 아픈 것도 모를 겁니다."

경고. 결코 겁에 질리지 말 것.

그리고 나는 노신사의 말을 잊지 않았다. 이것이 쇼든 현실이든 답은 늘 같았다. 모든 건 결국 돈의 문제였으니까. 어둠이 정수리 위로 떨어지기 직전 나는 눈을 질끈 감았다. 그리고 입을 열었다.

"이걸 라이선스 할 수 있을까요?"

칠흑 같은 침묵이 파르르 떨렸다.

팸플릿이 도착했다.

'회랑을 배회하는 양떼와 그 포식자들'

제목 옆에는 이렇게 인쇄되어 있었다.

'서울展'

계절의 끝

또다시 흙먼지가 날려옵니다. 건물의 실루엣이 뿌연 황사 속에 사라집니다. 이제 하늘은 피처럼 붉게 변했다가 흑갈색의 어둠 속에 잠길 겁니다. 벌써 몇 주째 모래바람이 불었습니다. 과거, 우리가 봄이라 불렀던 계절의 끝까지. 그렇게 익숙한 풍경들은 차례로 모래 속으로 사라져갑니다.

오늘은 모처럼 숙소를 떠나 지하철 두 정거장 거리를 걸어갔습니다. 당신에게 편지를 써야겠다고 생각했고 편지를 쓰려면 종이가 필요했거든요. 종이는 여러모로 요긴하게 쓰이는 탓에 충분히 가지고 있지만 당신에게 쓰는 편지만은 꼭 편지지에 적고 싶었습니다. 어떻게 할까 고민하고 있을 때, 아직 식량을 구하러 다니던 시절에 보았던 문구점이 떠올랐습니다. 방한제를 보강하기 위해 문구점을 뒤지는 동안 언뜻 편지지를 봤었죠.

바로 짐을 꾸렸습니다. 비닐에 감싸놓은 횃불 두 개, 밧줄 한 묶음, 라이터, 방수포, 말린 고기 약간, 그리고 고장 난 손전등과 쇠지레를 챙겼습니다. 지하철 두 정거장은 이제 너무 먼 거리니까요. 당신은 버스 한 정거장에도 택시를 탔던 절 떠올리며 웃을지도 모르겠습니다. 짧은 거리는 운동 삼아 걸으라고 늘 잔소리했었죠. 하지만 이제는 이 두 정거장에 목숨을 걸어야 할지도 모릅니다. 특히 지금처럼 바람이 부는 계절엔 말이죠.

저는 숙소에서 나와 지하철과 이어진 통로를 가로질렀습니다. 계단을 내려가는 동안 발소리는 지하 깊숙이 내려갔다가 떨어지는 물방울 소리와 함께 되돌아왔습니다. 마지막 계단에 내려서면 어둡고 습한 지하의 공기가 몸에 감겨옵니다. 움찔하는 마음에 저도 모르게 한 걸음 뒤로 물러섰습니다.

눈보라 치는 한겨울이나 바람이 부는 계절이면 과거 지하철이 다녔던 철로를 따라 이동합니다. 미리 확인한 길만을 다니죠. 하지만 별 도움은 되지 않습니다. 약도를 만들어보기도 했지만 아무 소용없었습니다. 있던 길이 사라지고 없던 길이 나타나는 일이 빈번하니까요. 지하철의 절반은 무너져버렸고, 나머지 절반은 물에 잠겨 있습니다. 무너진 골조 아래로 기어야 하는 곳도 있고, 머리에 짐을 이고 목까지 찬 물을 거슬러 가야 하는 곳도 있습니다. 수량에 따라 길은 살아 있는 생명체처럼 변합니다. 몰랐는데 지하 철로엔 놀랄 만큼 빠른 속도로 지하수가 차오르더군요. 철로를 따라 전철이 다니던 시절엔 지하철 내부 펌프로 물을 퍼냈던 거겠죠. 어떤 역들은 매표소 천장까지 물이 차올라 있습니다. 물론 물이 귀한 때이니 이런 지하수를 불평할 수는 없지요. 식수뿐만 아니라 통발이라도 넣어놓으면 아주 드물게 눈먼 송사리라도 낚을 수 있으니까요.

어쨌든 물이 차면 콘크리트의 철근이 부식하고, 그 부식을 따라 균열이 생긴 후, 겨울이면 그 틈으로 흘러든 물이 얼음으로 팽창해 점점 금이 갑니다. 그렇게 균열은 자랍니다. 지하로 내려가면 한때 굳건했던 콘크리트 벽들에는 온통 금이 가 있습니다. 심각한 것들은 주먹이 들어갈 정도로 틈이 벌어져 있죠. 지금 제 앞에 있는 이 균열처럼 말입니다. 그 사이로 손을 넣어봅니다. 싸늘한 기운이 손가락 끝을 휘감습니다. 문득 생각합니다. 언제 무너져도 이상할 것이 없겠구나.

위험하지 않느냐고요? 물론 위험하죠. 편지지를 구하러 목숨을 걸어야 한다는 건 농담이 아닙니다. 하지만 이마저도 지상에 비하면 너무나 안전한 편입니다. 이 계절에 지상에 있다간 모래와

먼지바람에 갇혀 길을 잃어버리고 제자리를 맴돌다 죽을 수도 있으니까요. 고작 십여 미터 거리를 이동하다 길을 잃어버릴 뻔한 적도 있습니다. 그땐 코끝도 보이지 않을 만큼 모래바람이 심했으니까요. 이 계절에 밖에서 움직일 수 있는 거리는 허리에 밧줄을 묶고 나갈 수 있는, 딱 그 거리만큼입니다. 일 분만 서 있어도 속옷까지 모래가 들어오곤 합니다. 그러니 지하로 갈 수밖에요. 다만 어둠이 맘에 들지 않을 뿐입니다. 당신이 떠난 사이 어둠에 대한 안 좋은 기억들이 많이 생겼으니까요.

손전등을 가지고 다니던 무렵에는 어둠은 불편한 것이긴 해도 두려운 것은 아니었습니다. 하지만 이제 건전지는 포장에 든 새것이라 해도 모두 방전되어 있습니다. 처음 이삼 년간은 캠핑용 가스 랜턴을 운 좋게 구해 잘 쓰고 다녔지만, 부탄가스가 그 긴 겨울 동안 가장 먼저 소진된 물품 중 하나였죠. 그 이후 핸디 발전기가 달린 자가 발전형 손전등을 썼지만 그조차도 충전지의 수명이 다해 핸들을 돌리는 동안만 반딧불이 같은 빛을 깜빡일 뿐입니다. 정말 위급한 순간에 쓰려고 보조로 챙기지만 램프의 빛은 죽어가는 이의 마지막 숨처럼 힘겹게 깜빡입니다. 그래서 횃불을 만들었습니다. 헝겊에 수지, 그리고 약간의 알코올을 섞었죠. 플라스틱 타는 냄새가 역하고, 생각보다 그을음이 많이 나지만 불평할 입장은 못 됩니다. 이마저도 없으면 정말 지하로 내려

갈 수 없거든요. 그래도 안심할 수는 없습니다. 횃불은 침수 구역을 지날 때면 꺼져버리기 일쑤니까요. 침수된 구역의 깊이가 제 키보다 높거나 천장에 생긴 틈으로 지하수가 흘러내리면 피식 하는 소리와 함께 빛은 사라져버립니다. 불이 꺼지는 그 순간 마주해야 하는 어둠은 검은 공간이 차가운 손을 뻗어 목을 조르는 느낌입니다. 비유가 아니에요. 정말 숨을 쉴 수 없거든요. 부들부들 떨리는 손으로 라이터를 켜든, 손전등을 돌리든, 어떻게든 빛을 만들고 나면 그제야 숨을 쉴 수 있습니다. 손끝이 저리고 몸이 싸늘해진 채 말이죠. 이마저도 물에 빠져 불이 꺼진 경우에 비하면 운이 좋은 편이죠. 생존을 위한 도구와 장비가 가득한 배낭을 메고 검은 물속에서 허우적댈 때면 두려움과 이성이 아슬아슬한 줄타기를 합니다. 배낭을 벗고 물 밖으로 나가면 살 수 있지만, 이것들을 잃어버리면 앞으로 막막해질 현실이 죽음만큼이나 분명하게 턱밑까지 차오르니까요.

이런 이유로 이 계절에 이동하는 건 바보 같은 짓입니다. 그렇다고 미안해하진 마세요. 정말 당신 때문에 목숨을 걸고 편지지를 구하러 나온 것은 아니니까요. 그 정도로 현실감이 없다면 지금까지 살아남지 못했을 겁니다. 편지지는 핑계일 뿐이에요. 실은 버티고 버티다 못해 끊어질 듯한 마음을 추스르기 위해 도망쳐

나온 겁니다.

바람의 울부짖는 소리가 하루 종일 들리고, 밤낮을 구분할 수 없는 어둠이 계속되면 집에 있는 것은 일종의 투쟁이 됩니다. 폐쇄된 공간이 주는 숨 막힘과 그치지 않고 윙윙거리는 바람 소리는 사람을 신경증 직전까지 몰아붙입니다. 때때로 잠에서 깨면 귀를 틀어막은 채 소리를 지릅니다. 당신은 이해할 수 없을 겁니다. 신경이 곤두서다 못해 턴테이블 바늘처럼 날이 선 채 손톱으로 벽을 긁으며 바람 소리에 이기기 위해 비명을 지르는 순간의 절망감을. 정말 끔찍한 게 뭔 줄 아세요? 그 비명조차 바람 소리에 끝내 묻혀버리고 만다는 겁니다. 겨울이 가혹함과 싸워야 하는 계절이라면, 이 계절은 광기와 싸워야 합니다. 하는 일 없이 식량이 줄어드는 것을 멍하니 바라보는 동안, 바람, 바람, 바람, 바람 소리는 그치지 않습니다. 물론 이 불안과 광기가 폐소감이나 줄어드는 식량 때문만은 아닐 겁니다. 사냥을 하고, 필요한 물품들을 찾고, 고장 난 것들을 고치고, 살아남기 위해 노력하는 동안은 정말 아무 생각도 하지 않을 수 있습니다. 몸을 움직이고 정신없이 쏘다니다 지쳐 쓰러져 잠들면 하루는 그렇게 평화롭게 끝나죠. 하지만 방에 갇혀 아무것도 못하는 순간이 오면 어쩔 수 없이 좋았던 시절의 기억들이 떠오릅니다. 당신과 함께했던, 안전하고 풍요롭고 행복했던 그 기억들 말이죠. 그래서 편지지 평계를 대며 이렇게 안전한 숙소 밖으로 나올 수밖에 없는 겁니다. 목숨을 걸고 종이를 구하는 동안은 정말이지 아무것도 생각하지 않을 수 있으니까요. 아이러니하지 않나요? 망각하기 위해 추억을 되돌리려 하고 그것에 목숨까지 걸고 있다는 게.

그렇게 지금 어둠 속에 있습니다. 횃불이 타는 소리를 들으며 앞으로 나갑니다. 그때마다 무너진 콘크리트 옹벽들은 다른 형상으로 변하고, 발걸음 소리는 통로를 따라 메아리칩니다. 바람이 모든 소리를 집어삼키는 지상과 달리 이곳은 고요합니다. 그것만으로 다른 세상에 온 기분입니다. 어둠은 횃불의 빛에 따라 춤추고 다른 그림자를 만드는 이곳은 마치 꿈속 같습니다. 분명 좋은 꿈은 아닙니다.

얼마 전 당신 꿈을 꿨습니다. 제 꿈속에서 당신은 길을 걷고 있습니다. 제가 당신을 마지막으로 보았던 날 신고 있었던 낡은 전투화를 신고, 모래바람이 불어오는 언덕을 홀로 가고 있습니다. 낡은 배낭과 목에 두른 목도리의 색이 바랜 것을 제외하고는 마지막 모습 그대로입니다. 돌아오겠다는 약속을 하지 않았다면 좀 더 편했을까요? 아니면 그 약속이 있었기에 지금까지 버틸 수 있었을까요? 하지만 이젠 알고 있습니다. 누군가 떠났다가 갑자기 돌아오기엔 너무 어려운 시절이라는 것을. 당신이 돌아올 것이라는 희망을 부적처럼 움켜쥐던 순간들도 있었습니다. 그러면 그 모든 괴로운 순간들을 모래를 삼키는 기분으로 버틸 수 있었습니다. 그러나 희망이라는 것도 시간 아래 천천히 빛이 바래더군요. 그리하여 이제는 꿈속의 당신 옷차림처럼 낡고 바랜 무언가가 되었습니다. 그리고 동시에, 그렇기에 끝끝내 포기할 수 없는 것이 되었습니다. 이런 마음을 당신은 이해할 수 있을까요? 마음 한 귀퉁이, 아주 작은 부분은 여전히 당신이 떠나갔던 그 길을 까치발로 바라보고 있습니다. 그 풍경들조차 쌓여가는 흙먼지 속에 차례로 서서히 사라져가고 있지만요.

'자를 대고 그어 잘라낸 듯 반듯한 사람'.

바짝 민 당신의 푸른 귀밑머리를 보며 이렇게 생각했습니다. 내 질문에 당신은 짧은 말로만 답했고 그 때문에 당신이 날 싫어한다고 확신했습니다. 이유가 뭘까? 아무리 생각해봐도 알 수 없었기에 아주 약간은 화도 났습니다.

"저랑 이야기하는 게 싫으세요?"

"아니요."

당신은 테이블에 올라와 있는 자신의 손을 바라보며 이렇게 답했습니다. 길고 가는 손가락이었죠. 바짝 잘려 있는 손톱들에 제 손끝이 간지러울 지경이었습니다.

"근데, 어떻게 두 마디도 답을 안 하세요?"

"긴장하면 말수가 적어지거든요."

한숨이 나왔습니다. 말하는 내내 시선조차 피하다니.

이상한 첫 만남이었습니다. 그날 인터뷰를 하러 가기로 한 건 실은 제가 아니었거든요. 담당 기자가 욕실에서 미끄러져 발목을 접질렸고, 마침 그 당시 제가 세 살던 집이 당신이 일하던 연구소에서 가까웠으며, 외근을 핑계로 일찍 퇴근할 욕심에 덥석 대신 인터뷰를 하겠다고 나선 길이었습니다. 대멸종을 연구하는 과학자라는 타이틀도 호기심을 자극했습니다. 하지만 받아온 원고는 모르는 과학용어들뿐이었고, 당신은 휴대폰 음성인식 프로그램보다 짧은 답만을 하고 있었습니다.

"그러니까 별로 긴장하실 것 없어요. 불편하신 내용은 원하시면 뺄 테고 어차피 기사의 반은 사진이 나갈 거니까……."

"인터뷰 때문에 긴장한 게 아닙니다."

"그러면요?"

당신은 제 눈을 응시하며 커다란 눈을 껌벅였습니다. 저는 반사적으로 의자 등받이에 몸을 기댔죠. 그제야 비로소 당신의 모습이 한눈에 들어왔습니다. 유난히 하얗고 긴 목과 가느다란 손가락, 그리고 짧게 자른 머리. 어딘지 껑충하고 희미한 인상이었습니다. 그 순간 떠올랐던 것은 바람에 흔들리는 한해살이풀이었습니다. 여름 햇볕에 거침없이 쑥쑥 자라다 서리가 내리면 속절없이 죽어버리는, 그런 풀 말입니다.

당신이 떠나고 한 달 뒤, 그러니까 그해 8월 첫 서리가 내렸습니다. 일기예보에선 그 일을 기상 이변이라 했지만, 그 이변이 앞으로 이 년간 지속될 것이라고는 그때는 아무도 알지 못했습니다. 이파리가 갈색으로 변해 말라가던 식물들은 흰 서리를 뒤집어쓴 채 얼어 죽었습니다. 운명의 날 이후 가로수부터 잡초까지 식물 대부분은 제대로 자라지 못했고, 논에선 벼꽃조차 피지 못했으므로 올해 식량 생산이 불가능하다는 건 이미 누구나 알고 있었습니다. 그래서 배급도 별 불평 없이 받아들이고 있었죠. 그러나 눈앞에서 얼어 죽어가는 식물들을 보자 다들 겁에 질렸습니다. 며칠 뒤, 첫눈이 내리기 시작하자 도시를 떠나는 사람들이 생겨나기 시작했습니다. 이내 떠나는 이들은 거대한 무리를 이뤘죠. 뉴스에서는 눈의 pH 수치가 4.0 전후라며 산성이니 맞지 말 것을 경고했지만 그들의 발길을 막을 순 없었습니다. 그들이 향한 곳은 항구였습니다. 바다 건너 다른 나라에 가면 식량이나 물자가 풍부하다, 재난이 일어나지 않았다, 따뜻하다, 괴질을 피할 수 있다 따위의 소문을 믿고 모인 것이었습니다. 그들을 어리석다 할 수는 없었습니다. 무엇보다 희망이 필요했고, 희망은 저 밖에 있는 것처럼 보였으니까요. 그들은 화물선에 까맣게 달라붙어 전쟁 피난민처럼 눈발이 휘날리는 이 나라를 떠났습니다. 애달픈 작별의 목소리가 부둣가에 울렸죠. 그 뒤, 떠난 이들은 아무도 돌아오지 않았습니다. 그들의 희망대로 어떤 이상적인 피난처를 찾았을까요? 떠나기 전 당신이 했던 말이 사실이라면 그럴 가능성은 희박하겠지요.

도시가 텅 비어가는 동안 수은주는 곤두박질쳤고 방송에서는 지역별 대피소를 발표했습니다. 난방이 가능한 몇몇 장소를 정했으니 그곳에 모여 이 겨울을 견디라는 것이었습니다. 식량 배급의 거점 역할도 했으므로 남은 사람들은 대피소에 모였죠. 얼마 남지 않은 사람들이 모였음에도 대피소는 너무 좁았고, 또 추웠습니다. 대피소에서 만난 다른 기자에게 외국 소식을 들었습니다. 소문에 따르면 정부에서 해외로 조사단을 파견했는데 그들 중 돌아온 사람은 없다고요. 그것은 당신에 대한 소식이기도 했습니다. 저는 절망하지 않기 위해 이를 악물었습니다.

그 이 년간의 겨울을 무어라 말할 수 있을까요? 고립과 소멸? 느린 동사? 예정된 멸종? 소설이나 영화에서 흔히 나오곤 하는 종말의 대혼란은 없었습니다. 배급량은 서서히 줄어들었지만, 모두들 정부의 지시를 잘 따랐습니다. 언론이랄 것도 형식뿐이었지만 그마저도 정부 통제하에 있었고, 모든 물자를 국가가 독점하고 있었으며 공권력은 마치 성벽 같았습니다. 당장의 생존을 위해 누구도 감히 시스템을 벗어날 엄두를 내지 못했습니다. 오히려 이기적이거나 혼란을 부추기는 이들은 과할 정도로 사람들에게 조리돌림을 당하기 일쑤였죠. 어찌 보면 이해할 수 있는 반응이었습니다. 미증유의 재난 한복판에서 믿고 의지할 무언가가 필요했던 것이겠죠. 종교 같은 애국심? 맹목적 집단주의? 생존을 위한 몸부림? 그것을 뭐라 불러야 할지는 알 수 없었지만, 그 무엇도 똘똘 뭉친 사람들의 결속을 깰 수 없을 것만 같았습니다. 그리고 실제로 결속은 깨지지 않았죠. 단지 쌓이는 눈 속에 천천히 파묻혔을 뿐입니다.

그래요. 그 겨울 끊임없이 내리는 눈이 있었습니다. 아직 최소한의 기능을 유지하고 있던 정부에서는 대피소들을 고립시키지 않기 위해 모든 인력을 제설작업에 투입했지만—어차피 대피소에서 달리 할 만한 일도 없었습니다—점점 도로망을 유지해나가는 게 힘들어졌습니다. 제설차도, 다른 장비도 없이 오직 사람의 손으로 눈을 치워야 했으니까요. 설상가상으로 배급량이 줄며 사람들의 체력은 떨어졌고, 추위 속에서 그런 가혹한 작업을 감당할 수 없었습니다. 병으로 쓰러지는 사람들이 늘었고, 일단 쓰러진 이들의 대부분은 끝끝내 일어나지 못했습니다. 아주 서서히,

주요 도로나 도심에서 멀리 떨어져 있는 대피소부터 차례로 고립되어 연락이 두절되었습니다. 전기나 수도 같은 기간 시설들도 하나둘 기능을 상실하며 그나마 대피소에서 유지되던 전기나 수도, 가스 들이 차례로 끊겼습니다. 국가라고 부를 만한 집단이 사실상 사라진 것이나 다름없었습니다. 아사 직전의 사람들이 유령처럼 대피소를 지키는 동안 혹한을 견디다 일제히 동사한 다른 대피소 사람들에 대한 소문이 입을 타고 전염병처럼 돌았습니다. 그리고 실제로 폐렴이 유행처럼 번져나갔죠. 하지만 이듬해에도 봄은 오지 않았고 5월 하순, 대피소 앞 새벽 기온은 영하 삼십 도를 갱신했습니다.

그 후 대피소에서 무슨 일이 일어났는지는 저도 잘 모릅니다. 그곳에서 나왔거든요. 당신이 돌아오리라는 희망을 버릴 수 없어서 그 좁은 집 창문에 솜이불과 나무를 덧대고, 방 안에 페인트 통으로 작은 화로를 만들었습니다. 작년부터 대피소와 집을 오가며 작업해 준비했던 것들이었죠. 여름이 오지 않고, 해빙이 되지 않을 것이 확실해지자 저는 대피소를 떠났습니다. 죽을 때 죽더라도 좁고 지저분한 곳에서 다른 사람들과 함께 있기보다는 당신이 돌아올지도 모를 집에서 죽고 싶었으니까요. 더구나 배급으로 나오는 음식은 미음이라고 부르기도 미안한 물을 탄 풀이 전부였으니 아쉬울 것도 없었죠. 물론 추웠습니다. 그래서 매일 빈집들에 들어가 나무로 된 가구를 부수어 그것을 장작 삼아 불을 지폈습니다. 이미 어디에도 식량이랄 것은 없었지만, 얼어붙은 상점가를 돌아다니면 사람들이 버리고 간 물건들이 잔뜩 있었으니까요. 그중엔 사료도 있었죠. 그래요. 애완용품숍 뒤편 창고에서 사료 포대들을 발견했을 때 얼마나 기뻤는지 당신은 상상할 수 없을 겁니다. 사료와 물고기용 건사료, 그리고 개 껌 등이 그 긴 겨울 동안의 제 주식이었습니다. 입김조차 얼어버릴 것 같은 방에서 페인트 통에 불을 피워놓고 물을 부어 사료를 끓인 후, 열대어 건사료를 양념처럼 뿌려 먹었습니다. 그리고 이불을 뒤집어쓴 채 말라비틀어진 꽃다발만을 바라보고 있었죠. 그래요. 당신이 꺾어주었던 그 꽃다발 말입니다.

허벅지까지 차는 물을 거스르며 지하 통로를 지나갑니다. 과거 강바닥 아래 만들었던 이 길은 지하수가 금방 차오르죠. 거꾸로 떨어진 역 간판을 넘어 계속 물을 거슬러 올라갑니다. 물은 차갑고 바닥은 미끄러우며 젖은 바지는 자꾸 다리에 감깁니다. 휘청거릴 때마다 횃불은 꺼질 듯 위태롭습니다. 간신히 벽을 짚고 자세를 가다듬고 있을 때, 이상한 소리가 들립니다. 저는 그 자리에 얼어붙은 듯 멈춰섭니다. 팔을 따라 온몸에 소름이 돋고 몸의 근육이 긴장합니다. 그 희미한 소리는 통로 끝에서 들려옵니다. 저는 이내 소리의 정체를 깨닫습니다. 긴장이 풀리며 반사적으로 몸이 앞으로 튀어 나갑니다. 뜻밖의 횡재에 기뻐하면서.

"그러니까 약육강식이란 말이 잘못된 거야. 잡아먹히는 쪽이 절대 약한 쪽이 아니라는 거지."

"그게 말이 돼? 먹히는 쪽이 약한 게 아니면?"

"살아남는 쪽이 강한 거지."

"무슨 소리야. 먹히면 죽는 거잖아. 당연히 먹는 쪽이 살아남는 거고 강한 거잖아."

"개체 하나는 그렇겠지. 하지만 종의 입장에서 보면 달라. 포식자가 멸종하는 경우도 아주 흔하거든. 아니, 엄밀히 말하자면 포식자 쪽이 훨씬 환경 변화에 취약하지."

연구소에 들러 당신을 태우고 퇴근하는 길에 이런 대화를 주고받았던 기억이 납니다. 사실 저는 관심도 없던 내용들이었죠. 다만 무엇이든 당신과 대화하고 싶었을 뿐입니다. 지금 하고 있는 연구를 설명할 때 미간에 생기는 주름과 진지한 중저음의 목소리를 좋아했으니까요.

"그렇다고 약육강식이란 말이 틀렸다는 건 좀 이상하네. 학교에서도 배우는 거잖아."

"당신은 쥐가 강하다고 생각해, 인간이 강하다고 생각해?"

"그걸 질문이라고 해? 당연히 인간이지."

"언젠가는 인간이 더 강해질 수도 있겠지만, 아직은 아니야. 이를테면 하늘에서 지름 30킬로미터의 운석이 떨어진다고 가정하면, 인류는 멸종하겠지만 쥐는 살아남을 거야. 실제로 백악기 공룡이 멸종할 때 그랬거든."

"뭐, 세상이 망해도 바퀴벌레는 살아남는다는 그런 이야기?"

"그래. 쥐는 암컷 한 마리가 일 년에 사백 마리의 새끼를 낳고, 반년이면 성체로 자라 가임 개체가 돼. 현재 지구상 설치류의 개체 수는 은하계 항성의 수보다 많을 거라 추정되고 있지. 만약 인간조차 개미 수준의 지성으로 인식하는 초월적인 외계인이 나타나 지구를 연구한다면 어쩌면 쥐가 지배하는 행성으로 분류할지도 모를 일이야."

당신은 멸종을 연구하는 학자답게 이런 신기한 이야기를 하곤 했습니다.

"하지만 쥐는 문명이 없잖아. 인간은 문명을 만들고 지구의 환경까지 지배하고 있는데?"

"과연 그럴까? K-Pg 대멸종이 있었던 백악기 말, 공룡들 중 인류랑 똑같은 종이 나타나 피부가 파충류 피부라는 것만 빼고 똑같은 문명을 이룩해 똑같이 발전했다고 치자고. 그래. 만약 그런 공룡 인간이 존재해서 막 인공위성도 발사하고 우주도 가고 인류와 같은 문명을 이룩했다고 가정해보자고. 그런데 운석 하나가 떨어졌어. 그래서 멸종했다면 지금 지구의 역사와 뭐가 다를까?"

"뭐가 다른데?"

"아무것도 다를 게 없어. 그들이 뭘 이룩했건 이 유구한 시간 동안 아무것도 안 남을 테니까."

"에이 그게 무슨 말도 안 되는 소리야."

"실제로 그래. 인간이 이룩한 문명이란 유감스럽게도 아직은 고작 그 정도야. 멸종 후 이만 년? 아니면 넉넉잡아 십만 년 정도면 흔적조차 남지 않을 거라고. 장례 풍습 때문에 화석도 남지 않을 테고. 백만 년 정도가 지나면 지구는 인류가 애초에 존재하지 않았던 것처럼 시치미 뚝 떼고 있을걸. 기껏해야 유일하게 남는 건 방사성 폐기물 정도겠네. 그 연료봉조차도 인공적인 형태를 잃어버려서 자연광물처럼 보일 테지만. 오천만 년쯤 후에 인간과 비슷한 새로운 종이 나타나서 인간이 거주했던 지층을 발굴해도 무엇 하나 찾을 수 없을 거야."

"하."

정체로 막힌 강변도로를 따라 늘어선 자동차 미등을 바라보며 당신은 이렇게 덧붙였습니다.

"그럼에도 설치류나 그 비슷한 종들의 후손은 지구에서 여전히 살아 있을 거야. 아주 번성하면서. 이게 유구한 지구 역사 앞에 위대한 인간 문명의 수준이지."

쥐에 대해선 당신이 옳았습니다. 세상이 이 모양이 되어도 쥐들은 여전히 잘 살고 있죠. 그 긴 겨울 동안 멸종했을 거라 생각했는데, 날이 풀리자 어디에선가 일제히 몰려나오더군요. 그리고 순식간에 늘어났습니다. 고맙게도요.

제가 허벅지까지 차오른 물을 가르며 반사적으로 튀어 나간 것도 쥐 울음소리 때문이었습니다. 그 소리는 갓 태어난 쥐 울음소리였거든요. 몇 차례 헤맨 끝에 버려진 철로 신호기의 전원박스 안쪽에서 아직 털도 나지 않은 여덟 마리의 갓 태어난 쥐새끼들을 찾을 수 있었습니다. 살구색 핏덩이들은 심지 같은 다리를 꼬물거리며 옹기종기 모여 있었습니다. 저도 모르게 미소를 지었습니다. 입안에 침이 고였거든요. 믿어지세요? 그래요. 저도 이렇게 변한 제가 믿어지지 않으니까요.

처음 먹었던 쥐는 튼실한 시궁쥐였습니다. 막 겨울이 끝나고 날이 풀릴 무렵 사방에서 쥐들이 쏟아져나왔습니다. 그 무렵 쥐들은 동사한 사람들과 동물들의 사체를 먹으며 엄청나게 살이 올라 있었습니다. 천적도 없고 먹이는 많았으므로 쥐들은 엄청나게 늘어나 무리를 이뤘고, 저는 그것들이 무서워 늘 피해 다녔습니다. 때때로 무리를 이뤄 도로를 가로지르는 쥐떼를 발견하고 기겁

하곤 했습니다.

그리고 사료가 떨어졌습니다. 먹을 게 아무것도 없었습니다. 매일 폐허 속을 떠돌았지만 먹을 만한 거라곤 구두 뒤창조차 남아 있지 않았습니다. 지난겨울 동안 사람이 먹지 못한 것들은 쥐가 이미 먹어치웠으니까요. 겨울이 끝난 자외선이 내리쬐는 지표면에는 잡초조차 나지 않았고, 맹물만 맥없이 들이켠 저는 퀭한 눈으로 해가 떨어지면 먹을 걸 찾아 텅 빈 도시를 떠돌았죠. 하지만 아무것도 찾을 수 없었습니다.

텅 빈 사료 통에 떨어져 갇혀버린 쥐를 발견한 것은 이 주째 굶고 있을 때였습니다. 너무나 배가 고파 책의 종이를 질겅질겅 씹다 헛구역질을 했던 날이었습니다. 그 순간 제 눈에 그 큼지막한 시궁쥐는 고기로 보이더군요. 몸이 먼저 움직였습니다. 저는 주저없이 손을 집어넣어 흑회색의 그놈을 움켜잡았습니다. 그래요. 벌레도 잡지 못하는 저였지만, 그 순간만큼은 꽉 잡고 놓지 않았죠. 제 손이라도 물어보기 위해 발버둥치는 시궁쥐의 튼실한 맥박에 절로 미소가 나왔습니다. 손안에 살아 움직이는 고기가 있었으니까요. 저는 시멘트 벽에 그 쥐를 있는 힘껏 집어 던졌습니다. 빡 하는 소리와 함께 바닥에 떨어진 쥐는 피를 토했습니다. 앞다리는 경련하고 있었고, 꼬리가 몇 번인가 바닥을 쓸었습니다. 그렇게 한 차례 꿈지럭거린 후 이내 죽어버렸죠.

내장을 꺼내고 꼬치에 꿰었습니다. 누가 알려주지 않아도 이런 건 절로 하게 되더군요. 불 속에서 기름이 자글자글 끓어오르는 동안 쥐를 꿴 꼬치를 든 손이 떨렸습니다. 단백질이 탈 때 나는 냄새가 그토록 좋은 향기라는 걸 그날 처음 깨달았습니다. 세포 하나하나를 깨우는 듯한 천상의 향이었죠. 배는 먹을 걸 달라고 요란스럽게 꾸르럭댔습니다. 쥐는 더럽다는 고정관념도 배고픔 앞에선 잘 구우면 깨끗이 살균될 거야, 로 합리화됐죠. 맛있었냐고요? 저는 뼈까지 쪽쪽 빨아가며 먹었습니다. 씹을 때마다 자꾸 줄어드는 쥐의 크기가 원망스러울 뿐이었죠.

눈물이 나왔던 건 남은 쥐 뼈를 치우면서였습니다. 정말 깔끔하게도 발라 먹었더군요. 그 깔끔한 뼈를 보며 깨달았습니다. 이제 이전의 나로 돌아갈 수는 없구나. 이 년간의 겨울도 어쩌지 못했던 과거로 돌아갈 수 있다는 희망이 잘 발라진 쥐의 척추뼈 앞에서 꺾였습니다. 이제 저는 쥐를 아무렇지도 않게 잡아먹는, 아니 어떻게 하면 더 많이 잡아먹을 수 있을까 고민하는 그런 사람이 되어 있었으니까요. 그래요. 여전히 배고팠거든요. 그래서 맹렬히 쥐를 더 잡을 수 있는 법을 고민하고 있었습니다. 그날 이전, 저는 누군가 절 죽인다고 협박하며 쥐를 먹으라고 하면 죽음을 택할 사람이었습니다. 사료를 먹거나, 가구를 태우는 동안은 생각했습니다. 지금은 어쩔 수 없지만 당신이 돌아오면 모든 문제가 해결될 거야. 예전 같은 생활로 돌아갈 수 있을 거야. 그러나 쥐의 머리뼈 앞에서 깨달았습니다. 과거의 삶은 돌아오지 않는다는 걸요. 작은 쥐의 두개골이 제가 처한 현실이었고, 살기 위해서는 더 많은 쥐를 잡아야 했습니다. 더 울고 싶었지만 울지 않기로 했습니다. 바뀐 세상에선 뺨에 흘릴 눈물도 너무나 소중하니까요.

아직 꼬물거리며 울고 있는 어린 쥐를 통째로 씹습니다. 여린 뼈가 오도독 하고 부서지는 소리가 나자 울음소리가 그칩니다. 약간의 피비린내와 함께 입안에서 육향이 퍼집니다. 말캉거리는 어린 살이 야들야들하게 씹히고 아직 연한 뼈들은 입안에서 부드럽게 맴돕니다. 저는 그것을 꼭꼭 씹어 먹습니다. 잔인한 일입니다. 살기 위해 먹어야 한다는 건 정말 잔인한 일이죠. 하지만 자책감이 들기보다는 기뻤습니다. 아직 먹을 수 있는 어린 쥐가 일곱 마리나 더 있었거든요. 그러므로 당신이 했던 말을 떠올립니다. 살기 위해 먹는 거니까. 이건 당연한 자연의 섭리야. 이렇게 제 자신을 합리화합니다.

"엄마가 당신 보고 싶다네. 언제 인사하러 갈래?"

"글쎄."

당신은 엄지손가락으로 식탁 유리를 톡톡톡 두드리면서 달력을 바라보았습니다. 우리가 동거한 지 두 달쯤 지났고, 어머니는 당신 얼굴을 보고 싶다고 성화였습니다. 언제 결혼할지 궁금해하면서요. 당신이 달력을 보는 동안 저는 당신이 만든 파스타에서 베이컨을 골라내고 있었습니다. 당시 저는 선택적 육식을 하고 있었거든요. 하지만 주말이면 당신은 무신경하게 음식에 베이컨 같은 걸 넣곤 했습니다.

"지구상의 모든 생명체는 같은 DNA 구조로 이뤄져 있어."

제가 베이컨을 골라내는 모습을 보던 당신이 갑자기 정색했습니다.

"그래서?"

"그러니까 잡아먹는 쪽도 잡혀먹는 쪽도 거슬러 올라가면 결국은 진화라는 나무에서 갈라져 나온 형제일 뿐이야. 지금 식탁에 올라와 있는 이것들도 결국 한 가지에서 나온 형제라고. 식물이든 동물이든."

"꼭 그런 이야기를 지금 해야겠어? 식탁에서?"

"그게 어때서? 같은 DNA 구조로 이뤄져 있다는 말은 결국 먹고 먹히는 문제는 중요하지 않다는 거야. 우리는 단백질로 이뤄진 레고 블록들이고, 먹는다는 건 하나를 분해해 거기서 나온 블록을 잠깐 다른 것에 결합시켜두는 것뿐이라고. 생각해봐. DNA는 정보야. 그리고 종을 가리지 않고 모든 생명체가 동일한 방식으로 정보를 기록하고 있어. 결국 종이란 당신이 쓰는 글의 문장 같은 거야. 그리고 문장들, 이른바 생태계라는 거대한 책 속에서 끊임없이 생과 사를 통해 고쳐 쓰고 있는 거지. 진화도 마찬가지야. 진화란 한 생명체가 더 나아지거나 우월해지거나 멸종하거나의 문제가 아니라, DNA란 기호로 쓰인 책 속에서 이 지구라는 환경과 생명체들의 상호작용을 자신의 육체 내부에 정보로 치환해 서술하는 방식인 거야. 그 문장을 환경의 변화에 따라 조금씩 고쳐 쓰는 게 진화일 뿐이지. 생명이란 스스로의 육체에 쓰는 정보일 뿐이야. 그러니 육식이든 채식이든 뭘 먹는다는 점에선 다를 게 전혀 없어. 어차피 자신의 정보를 유지하기 위해 다른 정보를 지우는 거니까. 우월해서 먹는 것도 아니고, 먹었다고 우월해지는 것도 아니며, 먹는다고 죄가 되는 것도 전혀 아니야. 이 먹고사는 모든 게 결국 거대한 계 안에서 각자의 신체에 정보를 치환하고 있을 뿐이니까."

"거창하네."

"거창한 게 아니라……"

"그렇게 잘난 분이 내 말은 늘 귓등으로 흘려듣지. 전에 말했잖아. 내가 이 베이컨을 안 먹는 건 동물이라서가 아니라고. 이 돼지를 생명체가 아닌 산업적 도구로 키우는 방식에 동의할 수 없어서야. 그리고 당신의 그 훌륭한 설교에도 불구하고, 내 인생은 신체에 기록하는 무슨 생태계의 정보 따위가 아니야. 나로 존재하는 한 인간이고, 그 한 인간의 결정이라고. 똑똑한 당신은 그걸 같잖게 생각할지도 모르겠지만."

"그런 뜻이 아니라……"

"그리고 우리 엄마 만나러 가는 게 그렇게 싫어?"

"그게 무슨 뜻이야?"

"당신, 말 돌린 거잖아. DNA가 어쩌고 하면서. 우리 엄마 만나면 결혼 이야기 꺼낼까 봐. 아니야?"

"그게 아니라 나는 당신이 자꾸 베이컨을 골라내니까……"

당신은 이렇게 말하며 계속 손가락으로 테이블을 두드리고 있었습니다. 휴지를 잘게 찢거나, 손가락 관절을 꺾어 소리를 내거나, 의미 없는 메모를 하는 식으로 원치 않는 화제에서 달아나고 싶을 때면 당신은 손을 가만히 두질 못했습니다. 저는 자리에서 일어났습니다. 알고 있었습니다. 당신이 결혼을 불합리하고 낭비적인 제도라고 생각한다는 걸. 그리고 결혼도 아이도 원하지 않는다는 걸. 그걸 미리 충분히 이야기하고 저도 받아들였으며, 그래서 함께 동거하기로 결정했었죠. 하지만 때때로 이런 의문이 치받듯이 떠올랐습니다. 이 남자가 결혼하지 않겠다고 말하는 건 상대가 나라서 그런 게 아닐까? 나를 사랑하지 않아서 결혼까지는 생각할 수 없다는 것 아닐까? 그래서 그날 당신이 꽃다발을 선물했을 때도 저는 순순히 기뻐할 수 없었는지도 모르겠습니다.

저는 마지막 남은 새끼 쥐를 집어 듭니다. 쥐는 구슬프게 울며 눈곱만 한 앞다리를 바동거립니다. 저는 깨닫습니다. 이 쥐에게 일어난 일과 그날 일어난 일이 크게 다를 바 없다는 것을. 하늘에서 죽음의 광선이 내려오느냐, 죽음을 선고하는 손가락이 내려오느냐 정도의 차이일 뿐입니다. 이미 일곱 마리나 먹었고, 이 작은 새끼를 먹느냐 먹지 않느냐는 제 허기에 큰 영향을 끼치지 않을 것입니다. 그럼에도 저는 그것 역시 입안에 넣습니다. 동정이나 연민을 느끼는 것은 이제 너무 주제넘은 일이니까요. 저는 가능한 한 빠르고 확실하게 새끼 쥐의 머리를 어금니로 으깹니다. 입안으로 퍼지는 피 맛을 느끼며 생각합니다. 그날은 이런 것이었구나. 끝은 이렇게 무감하며 갑작스러운 것이구나.

사람들이 제일 처음 느낀 변화는 해외 인터넷망의 문제였습니다. 그날 해외 인터넷망에 연결되지 않는다고 통신사들을 욕하는 글이 올라오기 시작했던 것을 기억합니다. 마감이 코앞이었지만 일찌감치 기획 기사를 한 꼭지 미리 써두었던 탓에 인터넷을 들락거리며 월급 도둑질을 하고 있었거든요. 저야 동영상을 보는 것 빼곤 해외 망을 쓸 일이 없었으니 딱히 불편할 일은 아니었습니다. 뉴스를 몇 개 훑어보고, 인터넷 쇼핑몰에서 계절 신상을 훑어 본 후 다시 커뮤니티에 들어가자 해외에 있는 사람들과 전화가 되지 않는다는 글이 올라왔습니다. 망 문제다 아니다, 주소를 배분해주는 서버가 나갔다, 그러면 전화가 왜 안 되겠냐, 대륙 간 회선이 끊어졌다, 위성 연결을 하면 된다, 그래도 안 된다로 게시판에서 시답지 않은 논쟁이 벌어졌었지만 제가 상관할 일은 아니었죠. 저의 시선을 끌었던 건 공항 직원이 올린 글이었습니다. 원거리 항공 노선의 항공기들에 대한 해외 정보가 업데이트 되지 않고 있다고, 이대로라면 항공관제에 문제가 생길 수도 있다는 글이었습니다. 기자로서의 촉이 움직였습니다. 인터넷 창을 닫고 시간을 확인했죠. 마감까지 시간이 좀 있는데 이게 뭐가 될까? 저는 일단 사회부장과 이야기해보기로 했습니다. 뭔가 되겠다 싶으면 부장이 데스크와 상의해 결정하겠지. 이런 생각을 하며 자리에서 일어났을 때 사이렌이 울렸습니다. 오늘이 민방위 훈련 날이었던가?

"이것은 실제 상황입니다."

저는 십 초쯤 그 자리에 멍하니 서 있었습니다. 말도 안 되는 일이었거든요. 경보를 울릴 정도로 중대한 일이 일어났다면, 그리고 그것과 관련해 정부의 결정이 있었다면 언론사인 우리가 모를 리 없었습니다. 정부의 주요 기관에는 담당 기자들이 나가 있고, 보통 그런 소식은 정부의 공식 발표보다 먼저 들어오기 마련이었거든요. 그런데 정체를 알 수 없는 경보가 예고도 없이 울렸던 겁니다. 그 이야기는 이 경보가 정상적인 절차로 발령된 것도 아니며, 일반적인 의사 결정으로 내려진 결정도 아니라는 의미였죠. 동시에 그만큼 시급한 일이라는 뜻이기도 했습니다. 사무실에 남아 있던 사람들의 눈빛이 갑자기 변했습니다. 다들 일제히 전화기를 집어 들었죠.

TV 뉴스에서 아나운서가 속보를 전하고 있었지만 그조차 정확히 무슨 일이 일어난 건지 모르고 있는 것 같았습니다.

"미국 및 유럽의 나라들과 인터넷을 포함한 모든 유형의 유무선 통신이 끊겼습니다. 그리고…… 확인 결과 중동 국가들 역시 마찬가지라고 합니다. 현재로서는 일본과 중국 일부, 그리고 호주 일부 지역만 연락이 가능하다고 합니다. 정부에선 무슨 일이 일어났는지 파악하기 위해서……"

그때 갑자기 앵글 밖에서 손이 하나 쓱 들어와 원고를 내밀었습니다. 아나운서는 원고를 훑어보고 심각한 표정으로 기사를 바꿨죠.

"방금 정부에서 행동 요령이 내려왔습니다. 국민 여러분 당황하지 마시고 지금 즉시 가까운 민방위 대피소로 대피해주시기 바랍니다. 자세한 전달 사항은 대피소에서 알려드릴 것입니다. 다시 한번 말씀 드립니다. 이것은 실제 상황입니다. 국가 비상통신망을 계속 켜두시고, 지금 즉시 가까운 민방위 대피소로 대피해주시기 바랍니다. 국민 여러분 이것은 실제 상황입니다. 저희도 상황이 파악되는 대로 계속 뉴스 속보를 보내드리겠습니다. 국가 비상 채널인 저희 방송에 채널을 맞춰주시고……"

당신에게 전화를 걸었습니다. 회선에 문제가 생긴 것인지, 다들 전화통을 붙잡고 있기 때문인지 신호가 걸리지 않았습니다. 주차장으로 달려가 안전벨트를 맬 때까지 이 상황이 어떻게 된 것인지 도무지 파악할 수 없었습니다. 전쟁이 일어난 걸까? 하지만 대피령일 뿐 공습경보는 아니었습니다. 그렇다면 자연재해? 하지만 여느 날과 다를 바 없는 날씨에 지진 비슷한 것도 없었습니다. 주차장에서 빠져나오자 길은 쏟아져나온 차들로 이미 난리였습니다. 경찰과 민방위 명찰을 찬 사람들이 차들을 모두 바깥 차선으로 유도하고 있는 중이었고, 덕분에 사방에서 경적 소리가 울려댔습니다. 저는 글로브 박스를 열어 '보도 차량'이라는 표지판을 조수석 앞 유리에 붙이고 교차로를 막고 있는 경찰에게 기자증을 내밀었습니다. 경찰은 비상용으로 비워둔 가장 안쪽 차선으로 제 차를 안내했죠. 대피소로 달려가는 사람들의 표정에서 저와 같은 두려움을 읽을 수 있었습니다.

그다음은 당신도 기억하시죠? 연구소에 나를 들여보낼 수 있다, 없다를 놓고 경비와 한바탕했잖아요. 이상한 일이었습니다. 경비도 내 얼굴을 몇 번이나 봐서 알고 있었는데 한사코 들여보내 주질 않았으니까요. 당신은 사람들이 피난을 가 텅 비어 있던 연구소 옆 아파트 단지 화단으로 절 데려갔습니다. 이해하라고. 정부에서 조사 의뢰를 하면서 보안등급이 갑작스레 상향 조정되었다는 말을 하면서요. 그리고 가야 한다 말했죠. 이 일의 원인을 조사하기 위해.

"왜? 왜? 당신이야? 왜 당신이 가야 하냐고."

"논문을 쓴 적 있거든. 대멸종과 GRB의 관련성에 대해서. 아마 우리나라에서 그런 주제의 논문을 쓴 학자는 내가 유일할 거야."

"그게 말이 돼? 논문을 쓴 적이 있다는 이유로 가야 한다고?"

"그러게. 사실 나도 내가 가서 뭘 할 수 있을지 모르겠어. 정말 GRB인지도 모르겠고. 하지만 아무것도 모르는 사람이 가는 것보단 낫겠지."

"그 GRB라는 게 뭔데?"

"감마레이버스트."

"그게 뭔데? 좀 알아듣게 설명하라고!"

"우주에서 블랙홀이나 중성자별이 폭발해 갑자기 엄청나게 강력한 감마선 폭풍이 몰아치는 거야. 감마선이란 핵폭탄이 터지면 나오는 죽음의 광선인데, 그게 뜬금없이 하늘에서 쏟아져 내려오는 거지."

저는 하늘을 바라봤습니다. 황혼이 물들기 시작한 하늘은 지평선 끝이 조금 밝은 것 빼면 별다를 것 없어 보였습니다.

"갑자기? 그게 말이 돼?"

"갑자기는 아니고, 거리에 따라 몇십 년, 혹은 몇백 년 전, 몇천 년 전에 일어난 일일 수도 있어. 다만 지금 지구에 그 광선이 도착한 거지. 그리고 지구 반대편에 직격했던 것 같아. 만일 그렇다면 그쪽 사람들은 모두 즉사했을 거야. 전자 장비는 다 타버렸을 거고, 생명체들은 크고 작은 것 가리지 않고 세균까지 죽어버렸을 거야. 감마선을 맞으면 세포를 이루는 분자들이나 DNA가 이온화되니까."

저는 입을 다물지 못했습니다. 이게 무슨 말도 되지 않는 소리인 걸까?

"마, 말도 안 돼! 그런 일이…… 그런 일이 일어날 리 없잖아."

"논문이 맞다면 일어날 리 없는 것도 아니고, 처음 일어난 일도 아닐 거야. 지구에서 일어난 대멸종 중 최소 한 번 이상은 GRB가 연관됐으니까. 다만 백만 년에 한 번쯤, 정말 드물게 일어나는 우주적인 재난이지. 그리고 그런 재난이 지구에 직격한다는 건 더더욱 희박한 확률이고. 하지만 우주는 너무나 넓고 시간도 충분해서 언제든 일어날 수 있는 일인 거야."

"농담하는 거지. 봐! 당신이나 나나 지금 살아 있어! 죽음의 광선이라며!"

"감마선이 아무리 강력해도 지구 반대편까지 완벽히 투과할 수는 없으니까. 그래도 안심할 수 없는 게 지구는 자전 중이라는 거야. 우리도 몇 시간 뒤면 감마선 조사 범위에 들어갈 수도 있어. 긴 GRB의 경우라도 일만 초 이상 지속되는 경우는 드무니까 이미 폭풍이 휩쓸고 지나갔다고 믿고 싶지만, 이런 유의 재난은 인간의 능력으로 예측할 수도 경고할 수도 없으니 확실하게 말할 수 있는 건 아무것도 없어."

"그럼, 대피 경보가……"

당신은 제 양팔을 잡았습니다. 그리고 심각한 표정으로 말했죠.

"잘 들어. 감마선은 투과율이 어마어마하니까, 가능한 한 가장 깊은 지하로 내려가. 최소한 지하 5층 이상? 가장 깊이 내려갈 수 있는 건물을 찾아 들어가. 그 정도라면 설사 피폭을 당한다 해도 당장 생명에는 지장이 없을 거야."

"모르겠어? 난 지금 당신이 무슨 소릴 하는지 전혀 모르겠다고!"

"이해가 안 된다면 일단 대피부터 해. 생각은 나중에 해도 늦지 않아."

"당신은?"

"난, 정부에서 보내는 비행기를 타고 자전 반대 방향으로 거슬러 올라 감마선이 직격했던 곳으로 추정되는 나라들을 조사하러

갈 거야. 정말 GRB라면 곧 알게 되겠지. 삼십 분 후 공항으로 가는 헬기가 올 거라고 했어."

당신은 초조한 표정으로 손목시계를 보며 이렇게 말했습니다.

"지금 이 상황에 날 버리고 가겠다고? 그게 말이 돼!"

"버리다니 무슨 소리야! 돌아올 거야. 그저 무슨 일이 일어났는지 조사하러 가는 거라고!"

당신의 답을 듣기도 전에 왈칵 눈물이 쏟아졌습니다. 이 모든 일들을 믿을 수 없었습니다. 인류의 반, 혹은 삼분의 이 이상이 즉사했으며, 그 정도의 생명체들도 이미 모두 죽었고, 우리도 곧 죽을지도 모른다는 이야기를 당신이 떠날 것이라는 말과 함께 듣고 있었으니까요. 어느 쪽이 더 눈물 나게 했는지 이제와선 기억나지 않습니다.

"감마선 폭풍이 지나가서 대피령이 해제돼도 이미 오존층이 모두 파괴됐을 테니까, 낮에는 절대 실외에 나오지 마. 이산화질소 때문에 스모그가 엄청 심할 거야. 마스크 꼭 쓰고, 그리고 GRB가 일어났다고 추정되는 오르도비스기 대멸종 때 뒤이어 빙하기가 온 걸 감안하면, 오존층의 상실이 기후에도 안 좋은 영향을 미칠 수 있어. 스모그 때문이거나 대기의 기온 역전 때문이겠지. 아니면 바다 밑에서 어떤 일이 일어나 대기 조성에 문제를 일으킬 수도 있고. 그러니까 방한 장비 같은 걸 미리 챙겨둬. 비상식량은 구하기 힘들겠지만, 되는 힘껏 사두고. 또 뭐가 있을까? 할 말은 많은데 시간이 없어서……"

"그딴 소리…… 하지 마. 그게 걱정이면 당신이…… 안 가면…… 되잖아!"

목이 메어 목소리가 제대로 나오지 않았습니다. 머릿속이 하얗게 변해 무얼 해야 할지 알 수 없었습니다.

"돌아올 거야. 돌아올 건데, 그때까지 당신이 살아 있어야 하니까. 울지 마. 괜찮아. 분명 괜찮을 거야."

괜찮을 수 없었죠. 이미 인류의 반 이상이 죽었고, 세상이 멸망하고 있는데 누구도 괜찮을 리 없었으니까. 자꾸 닦아도 눈물은 멈추지 않았습니다. 당신은 그런 절 남겨놓고 화단을 건너갔습니다. 그리고 꽃을 꺾기 시작했죠. 결국은 말라버릴 그 꽃을요.

"잘 간직해. 돌아오면 결혼식 부케로 쓰자."

답해야 했는데, 목소리가 잘 나오지 않았습니다. 아니 뭐라 답해야 할지 몰라 바보 같은 얼굴로 어정쩡한 미소를 지을 수밖에 없었습니다. 당신이 내게 결코 하지 않을 말이라 믿고 있었거든요. 식물의 성기를 여자에게 선물하는 걸 이해할 수 없다던 당신이, 꽃을 모아 내게 주며 결혼을 말했을 때 오히려 슬펐습니다. 세상이 이렇게 되었기에 비로소 결혼을 말할 수 있는 걸까? 아니면 자신이 돌아올 가능성이 희박하기에 결혼을 말하는 걸까? 하지만 차마 떠나는 당신에게 그걸 물을 수는 없었습니다. 연구소로 돌아가는 당신의 머리 위로 정부에서 보냈다는 헬기가 지나갔습니다. 문이 닫히고 당신의 뒷모습이 보이지 않을 때까지 그 자리에 서서 마지막 모습을 바라보았습니다. 그러나 끝까지 당신은 결코 뒤를 돌아보지 않았습니다.

혼자 남겨진 동안 말라가는 꽃을 보며 그 질문들은 제 안에서 끊임없이 맴돌았고, 점점 커졌습니다. 그러나 답은 돌아오지 않았습니다. 그사이 꽃은 마르고 또 말라, 한숨에도 바스라질 것처럼 야위었습니다.

편지지는 끝내 구하지 못했습니다. 문구점은 찾았지만 편지지 매대가 창가에 있더군요. 편지지는 쏟아지는 자외선 때문에 일어난 황변으로 쭈글쭈글한 노란 종이 뭉치가 되어 있었습니다. 하긴, 식물마저 제대로 자랄 수 없는 땅에서 종이인들 온전할 리가 없겠지요. 매대에 전시되어 있는 편지지들 중 하나를 뽑아보았습니다. 노란 종이에는 희미하게 변색된 꽃무늬가 그려져 있었습니다. 이제는 정말 볼 수 없는 과거의 풍경이더군요. 꽃을 심어도 자라지 않으니까요. 딱 그 정도가 지금의 저와 추억 속 당신 사이의 거리겠지요.

문구점에서 나오다 하늘을 올려다보곤 깨달았습니다. 이제 막

바람 부는 계절이 끝났음을. 바람이 멈췄고, 뿌연 하늘이 서서히 푸르게 변하기 시작했습니다. 갑자기 스카이라운지에 올라가 주변을 봐야겠다는 생각이 든 건 물러나는 먼지구름 사이로 우리가 몇 번이나 데이트를 즐겼던 그 건물이 보였기 때문일 겁니다. 폐허가 된 풍경 아래 마천루는 변함없이 우뚝 서 있었습니다.

바람이 부는 계절엔 모래 먼지 때문에, 그리고 지금처럼 태양이 비추면 자외선 때문에 늘 싸매고 다녀서 계단을 올라가는 건 꽤 힘든 일이었습니다. 한 바가지쯤 땀을 흘리며 계단참에 앉아 네 번이나 쉬어야 했죠. 꼭대기 층에 있는 스카이라운지에 도착했을 무렵엔 멀리 서쪽 하늘로 붉은 황혼이 타는 듯 번져가고 있었습니다.

유리창은 모두 깨져 있으며, 흰 시트가 씌워져 있던 테이블은 뒤집힌 채 나뒹굴고, 붉은 카펫 위에는 모래 먼지가 카펫보다 두껍게 쌓여 있습니다. 은색 촛대도, 와인도, 그 비싼 접시들도 먼지 아래 있습니다. 그래도 거짓말처럼 당신과의 기억이 떠오릅니다. 그때 함께 마셨던 와인의 맛이 혀끝에 느껴질 정도입니다.

"저 끝 보여?"

"응. 저기 해가 지는 저 끝?"

"하늘과 만나는 저 선. 저길 봐. 바다야."

"정말? 여기서 바다가 보인다고?"

"응. 이걸 보여주고 싶어서 온 거거든. 바다로 지는 일몰."

"왜?"

"아름답잖아. 쓸쓸하고."

당신은 미소 지었습니다.

그날 이후 정말 많은 일이 있었습니다. 당신과 함께했던 일부터
당신이 떠난 후 일어난 일. 그리고 당신에게는 결코 말할 수 없는
어떤 일들까지. 어떤 것들은 제 안에 흔적을 남겼고 어떤 것들은
잊어버렸습니다. 혹은 잊어야 했습니다. 살아남는다는 것은 그런
것이었고, 어떻게든 버터 이곳에 왔습니다. 유리창이 다 깨져 위태
로워 보이는 건물 끝에 서서 우리가 함께 보던 서쪽 하늘을 바라
봅니다. 바다는 보이지 않고 끝없이 펼쳐진 붉은 땅이 보일 뿐입
니다. 그래서 이미 말라버린 강물의 줄기를 따라 폐허나 다를 바
없는 건물들 너머를 훑으며 어디쯤에서 육지와 바다가 나뉘었는
지 기억을 돌이킵니다. 간조라 바닷물이 빠진 걸 거야. 하지만 지
평선의 끝까지 수평선의 경계를 찾을 수 없습니다. 그리고 알게 됩
니다. 어디서 이토록 많은 먼지와 모래바람이 불어오는지를요. 바
다가 사라진 것입니다. 눈앞에 펼쳐진 사막같이 붉은 벌판은 과거

바다의 갯벌이었던 거죠. 상전벽해라는 단어가 떠올랐습니다. 코 끝이 시큰해오고 저는 눈물을 흘리지 않기 위해 고개를 돌립니다. 아아, 알고 있습니다. 당신은 결코 돌아올 수 없습니다. 바다가 사막이 되고, 강물이 황무지가 되어도 당신은 오지 않습니다. 말라붙은 강을 따라 끊어진 다리들이 죽어가는 고래처럼 숨을 헐떡이고, 밀려나는 먼지구름 사이로 모습을 드러내는 도시는 멸종한 짐승의 화석처럼 보입니다. 이미 말라버렸다고 생각한 눈물이 뺨을 타고 흐릅니다. 저는 나지막이 당신의 이름을 부릅니다. 이름은 마천루를 따라 흐르는 바람에 흩어지고, 모처럼 별이 빛나는 검은 하늘이 흑단처럼 먼지구름을 뚫고 밀려옵니다.

이제 밤이 오고 또 다른 계절이 시작될 것입니다. 당신의 말처럼 어떤 것들은 살아남아 또 다른 문장을 육체에 새겨넣겠죠. 이 계절이 가고 다음 계절이 찾아올 때까지.

사장님이 악마예요

하루 종일 우울했다. 출근 전 아내와 말다툼을 했던 것이다. 아내는 올해가 사 년 만에 돌아오는 기회라 했다. 이번 차례를 놓치면 사 년 후에나 아이를 가질 수 있다고 했다. 나는 임신이 무슨 올림픽이냐며 짜증을 냈고, 아내는 답답한 소리를 한다며 분통을 터뜨렸다.

아내는 간호사였다. 내년이 출산휴가를 낼 수 있는 사 년 만의 차례였고, 올해가 가기 전에 무슨 수를 써서라도 임신을 해야 했다. 말은 하지 않았지만 아내가 자신의 차례를 무척이나 기다렸다는 걸 나는 잘 알고 있었다. 하지만 문제는 그렇게 간단하지가 않았다.

"출산휴가가 끝나면?"

"육아휴직을 써야지."

"병원에는 돌아가지 않을 생각이야?"

"무슨 말이야?"

"당신도 그랬었잖아. 김 간이 일 년이나 휴직을 다 채워 쓰는 꼴을 보니 복직할 생각이 없는 것 같다고."

"그때야 워낙 교대 인원이 모자라서……"

"지금은 남아?"

돌이켜보면 이 말이 방아쇠였던 것 같다. 결국 내가 얼마나 무정한 사람인가로 시작해, 연애 때부터 서러웠던 모든 일들이 차례차례 사례별로 끌려 나왔고, 끝내는 어머님이 도대체 어떻게 키우신 것인지 모르겠다고 말해 결국 선을 넘었다. 우리는 얼굴을 붉힌 채 인사도 하지 않고 각자 출근했다.

나도 아이를 갖고 싶었다. 학교 동기들 중에는 아이가 벌써 유치원에 다니는 친구도 있었다. 경조사 자리에서 그들을 만나면 하는 말이 늘 비슷했다.

"야, 애 키우기가 얼마나 힘든지 아냐? 아주 죽겠다, 죽겠어."

그들의 표정에서 은근한 자부심을 읽을 수 있었다. 아이가 어떻게 존재만으로 부모에게 자부심이 될 수 있는지 아직 이해할 수 없었다. 다만 아빠의 손을 잡고 다니는 아이를 길거리에서 마주치면 가슴이 두근거렸고 언제부턴가 유모차가 지나가면 시선이 저절로 따라갔다. 문제는 내가 아직 이직 일 년 차라는 것이었다. 말은 하지 않았지만 육아휴직까지 쓴다 해도 반년 남짓이면 아내는 병원으로 돌아가야 했다. 국가에서는 제도적으로 일 년을 보장하고 있지만 제도와 현실의 괴리는 컸다. 휴직을 다 쓰고 오는 간호사는 예외 없이 태움을 당했다. 육아에 시달리며 병원 근무에 태움까지 당하면 사실상 직장을 나가라는 소리였다. 아내의 말에 따르면 대부분은 견디지 못했다. 간호사 초년 시절에 당하던 일을 이제와 다시 당한다는 굴욕감과 아이를 낳는 것이 그렇게 큰 죄인가 싶은 억울함, 그리고 그 힘든 고생 끝에 집으로 돌아가도 자신을 기다리고 있는 아이를 돌봐야 한다는 절망감이 의지를 꺾는 것이다. 그것은 미혼인 간호사들조차 알고 있었다. 아무도 말하지 않았지만 보이지 않는 룰이 존재했고, 지키지 않으면 지독한 응징을 당했다. 아내조차도 우리에게 이 문제가 실제로 닥치기 전까진 육아휴직을 하는 사람을 나쁘게 말하곤 했다. 가뜩이나 사람이 없는 곳에서 누군가 난 자리는 다른 이에게 짐이 되어버리니까. 모르는 사람은 편하게 대신할 직원을 구하면 되지 않느냐 생각하겠지만, 간호라는 일은 오자마자 바로 시작할 수 있는 일이 아니다. 새로 온 사람이 한 사람 몫을 할 때까지는 또 다른 짐이 하나 더 생기는 것이나 다름없었다.

　모든 상황을 고려했을 때 생후 구 개월 이후부터는 아이를 맡아줄 사람이 필요했다. 오르는 전세금을 맞추는 것도 빠듯한 형편에 애를 봐줄 사람을 구할 수도 없었고, 먼 지방에 사는 처가나 아직 일을 하시는 부모님이 대신 맡아줄 처지도 아니었다. 내가 육아휴직을 쓸 수 있다면 좋겠지만, 그때가 되면 이직 이 년차, 본격적으로 일을 배워 실적을 올려야 할 시기였다. 물론 법에서는 남자도 육아휴직 제도를 쓸 수 있고 그것을 보장한다고들 한다. 하지만 아내의 경우처럼 그걸 실제로 쓸 수 있는지는 현실적인 문제였다. 현실은 육법전서에 있는 문장처럼 간단하게 돌아가지 않았다. 설상가상으로 작은 신생 회사라는 특성상 육아휴직을 해본 사람은 아직 아무도 없었다. 육아휴직이란 적어도 우리 회사에선 그 누구도 열지 않은 판도라의 상자나 다름없었다.

　갑작스러운 실직과 구직 기간 중 원래 가기로 했던 회사에 문제가 생겨 삼 개월간 원치 않는 백수로 지내야 했다. 겉으로는 태연했지만 머릿속으로는 생활비 액수와 은행 잔고를 셈하며 하루하루 속이 탔었다. 아내는 괜찮다고, 영 여의치 않으면 자신이 먹여살리겠다고 했지만 그런 말이 더 사람을 불안하게 했다. 그런 경험까지 한 마당에 굳이 미지의 상자를 여는 첫 번째 용자가 되고 싶진 않았다.

"그래도 당신 회사는 좋은 일 하는 회사잖아. 사회사업 하는 곳인데 설마 육아휴직 쓴다고 구박하겠어?"

아내의 말대로 우리는 흔히 자선사업이라 말하는 사회복지 관련 회사였다. 밖에서 보기엔 좋은 일을 하는 회사다. 그렇지만 단순히 좋은 일을 한다고 말하기엔 사정이 좀 복잡했다. 우리의 업무를 좀 쉽게 설명하자면 여러 목적으로 사회복지사업에 투자하고 싶어 하는 사업체나 법인들을 적당한 대상이나 프로그램과 연결시켜주는 중매쟁이 같은 일을 하는 곳이다. 사람들은 흔히 자선사업의 방점이 '자선'에 찍혀 있는 줄 알지만 실은 '사업' 쪽에 있다. 법인들이 하나쯤 자선단체를 끼고 있는 건 받을 수 있는 세금 혜택 때문이다. 문제는 이 혜택을 위한 필요를 충족하기 위해서는 적절한 조건을 찾아 적절한 범위 내에서 딱 맞는 금액의 자선을 서류 작업을 통해 완벽한 증빙과 함께 진행해야 한다는 것이다. 이 모든 조건을 맞추는 것이 어렵다면 어렵고, 귀찮다면 또 귀찮은 일이었다. 때문에 대기업들은 따로 자선법인을 만들기도 한다. 하지만 상황이 여의치 않은 기업들이 있기 마련이다. 우리가 하는 일은 그런 기업들을 돕는 것이었다. 절세와 마케팅이라는 두 마리 토끼를 모두 잡는 적당한 자선 프로그램을 찾아주거나 정 필요하면 예산에 따라 맞춤형으로 만들어주는 것이 우리 일이었다. 자선사업이라고 읽고 절세 컨설팅으로 이해해도 크게 문제될 것은 없었다. 물론 정말 좋은 일을 했다. 중매라는 것이 어쨌든 결혼을 하고 싶어 하는 이들에겐 필요한 일 아닌가. 가끔 우리의 업무로 다른 이들의 도움을 받고 상황이 좋아진 사람들의 소식을 들을 때면 뿌듯하고 기뻤다. 그렇지만 그것은 기분일 뿐 우리 일은 본질적으로 사업이었다.

일의 내용에서 알 수 있겠지만 내가 일하는 곳은 결코 큰 규모의 업체가 아니다. 그리고 수익이 그렇게 많이 남을 일도 아니다. 결국 한 명이 빠지면 빈자리도 컸다. 더구나 세금이 엮인 일이다 그렇듯이 관과 관변 단체들의 구성원, 담당 공무원과 소속 직원들에게 얼굴 도장을 찍고 면을 익혀두는 것이 일의 원활한 진행을 위해 무엇보다 중요했다. 이제 막 사람들의 이름을 알아가고 얼굴을 익힌 마당에 덜컥 육아휴직을 쓸 수는 없었다.

"사장님께 여쭤볼게."

이렇게 말하자 아내는 내 무릎 위에 자신의 허벅지를 올렸다. 화해의 신호였다. 한 손으로 아내의 허리를 감싸며 오늘이 가임기에 해당하는지 머릿속으로 셈을 해보았다. 아내는 이미 임신하기로 결정한 모양이었다. 아침의 싸움부터 지금 이 상황까지 모두 계획하고 있었던 것이 아닐까. 아내는 오랫동안 환자를 돌봐온 탓인지 꽤나 용의주도했다. 일의 앞뒤를 나보다 훨씬 멀리 보는 사람이었다. 그걸 알았다고 해서 다른 선택의 여지가 있는 것은 아니었다. 그저 잠깐 숨을 돌릴 여유라도 만들기 위해 나는 아내에게 먼저 샤워하겠냐고 물었다. 아내는 내 허리 벨트를 풀며 속삭였다.

"괜찮아. 그냥 빨리."

양말을 벗은 후 발을 씻지 않고는 안방 출입조차 금하는 아내로서는 나름 최대한의 관대함을 보여준 셈이었다. 그리하여 다음 날 아침, 나는 다른 사람보다 삼십 분 일찍 출근해 사장실 앞에서 노크를 하게 된 것이다.

솔직히 사장님이 어떤 사람인지는 나도 잘 몰랐다. 입사할 때 면접에서 나를 뽑은 사람, 종종 웃는 낯으로 인사를 하곤 했지만 솔직히 늘 표정이 한결같아서 속내를 알 수 없는 사람이라고 생각했다. 물론 입사한 지 얼마 되지 않은 나와는 마주칠 일도 없었다. 뿐만 아니라 발로 뛰며 돈과 일을 직접 끌어오는 사람이었던 탓에 외근 중일 때가 더 많았다. 대신 회사를 지키는 이사님의 말에 따르면 뭐든 맺고 끊는 게 분명한 사람이라 했다. 그리고 늘 쉴 틈 없이 일을 따오는 걸로 봐서는 수완이 좋은 사람임에 틀림없었다. 절세를 위해서든 뭐든, 수익이 생기지 않는 일에 다른 법인이나 사업체들이 지갑을 여는 경우는 흔치 않다. 그런데 그 어려운 일을 사장님은 단 한 달도 펑크 내는 일 없이 매달 꼬박꼬박 딱 우리가 처리할 수 있는 만큼 물어왔다. 아마도 그의 놀라운 화술 때문이리라. 이사님의 표현을 빌리자면 미팅 자리에서의 사장님은 정말이지 악마 같은 혀를 갖고 있다고 했다. 상대방을 설득해 지갑을 열게 하는 솜씨를 보면 거의 유황 냄새가 느껴질 정도라나. 그 말을 듣고 나는 저절로 고개를 끄덕였다. 그가 내게 예의 그 악마 같은 지옥의 언변을 보여준 일은 없었다. 다만 그의 향수 냄새가 유난히 강한 편이었고 강한 머스크향 뒤에 따라오는 톡 쏘는 유황 냄새가 내게는 사장님에 대한 후각적 인상으로 남아 있기 때문이었다. 처음 복도에서 사장님과 이야기를 하다 그 냄새를 맡았을 땐 성공한 사람에게선 이런 냄새가 나는구나, 하고 감탄했던 기억이 있다.

그 무엇보다 가장 날 놀라게 했던 건 그의 굳건한 자기 확신이었다. 회의를 주도할 때면 사장님은 늘 자신의 예상을 단정적으로 말하곤 했다.

"틀림없습니다. 이대로 가면 됩니다."

저런 사람이 성공하는 거구나. 그때마다 나는 고개를 끄덕이는 수밖에 없었다. 물론 누구나 말은 그렇게 할 수 있다. 하지만 사장님의 경우 그가 한 단정적인 예측이 결과와 어긋나는 경우가 많지 않다. 당연히 사람이 하는 일이어서 날짜가 밀린다든가, 예상보다 적은 액수가 잡힌다든가, 생각지도 못한 법적 문제가 생겨 지연된다든가 하는 일들이 벌어지곤 했다. 하지만 큰 방향에서 일이 틀어지거나 무산되는 경우는 결코 없었다. 언젠가 이것에 대해 이사님과 이야기한 적이 있는데, 이사님에 따르면 그런 게 바로 '비전'이라 했다.

그게 내가 사장님에 대해 아는 전부였다. 생각해보면 술자리에서 사적인 이야기를 한 적도 없었고, 함께 어떤 프로젝트를 진행한 적도 없었다. 원래 혼자 일하기 좋아하는 사람이니까.

하나 더, 그는 그 누구보다 먼저 출근했다. 항상 정해진 출근 시간보다 한 시간 먼저 와서 자기 일정을 정리했다. 처음 입사를 했을 때 사장님의 출근 시간에 맞춰 한 시간 먼저 와야 하는 거냐고 물었을 때 이사님은 웃었다.

"나도 처음에 그랬어. 근데 사장님이 그러더라. 가끔 급한 일을 할 때도 있지만, 주로 개인 스케줄 관리하는 시간이라 다른 사람이 나올 필요 없다고. 나오면 오히려 자기가 생각할 시간을 방해하는 거라나 뭐라나"

노크를 하는 손이 조금 떨렸다. 이건 지금 사장님의 시간을 방해하는 것일까? 아닐까? 그의 기분에 영향을 주는 것일까? 아닐까? 그가 전 직장의 사장처럼 아랫사람들에게 자기감정을 쏟아놓는 인물이 아니라는 걸 알고 있었다. 그러나 그조차도 상황과 일진에 따라 변할 수 있는 게 사람이니까. 그도 인간인 이상 기분이라는 것에 좌지우지될 것이고, 따라서 오늘만 유독 내가 알 수 없는 천만 가지의 이유 중 하나로 화가 날 수도 있었다. 그러나 일단 그런 상황이 닥치면 알 수 없는 천만 가지 이유 중 하나 대신 내가 한 육아휴직에 대한 질문만이 오늘 그의 기분을 상하게 한 원인으로 다른 구성원들에게 책임을 추궁당할 터였다.

"에이 그런 걸 물어서 왜 사장님 기분을 상하게 하고 그래."

"사람이, 아니, 그 나이 되도록 눈치가 없나?"

"아실 만한 분이 왜 그러세요?"

도끼눈을 한 다른 직원들의 시선에 눈치 없는 놈이라는 꼬리표가 덤으로 달려, 앞으로 무슨 실수를 하든 눈치 없는 인간이 저지른 일이 될 터였다. 그게 내가 삼십 분 일찍 출근한 이유였다. 육아휴직에 대해 사장님께 물었다는 걸 다른 사람들이 모르게 하는 것이 실은 어떤 답을 듣느냐보다 중요했다. 그게 내가 전 직장에서 배웠던 회사 생활의 지혜였다.

똑똑똑.

하지만 아무런 답도 돌아오지 않았다. 나는 다시 노크했다.

똑똑똑.

안 계신 모양이구나.

실망과 안도가 동시에 밀려왔다. 아내에게 사장님이 자리를 비워 말을 못했다는 핑계를 댈 생각을 하자 그래도 가슴속 돌을 하나 내려놓은 것 같았다. 언젠가 내가 치워야 할 돌이었지만, 당장 하루는 넘어갈 수 있으니까. 그렇게 가벼운 마음으로 막 돌아서는 순간 아래쪽에서 덮치듯 유황 냄새가 밀려왔다. 언젠가 아내와 유황 온천에 가서 맡았던 바로 그 냄새였다.

몸이 먼저 움직였다. 서류와 컴퓨터뿐인 회사에서 그런 냄새가 난다는 것은 화재 외엔 다른 원인을 생각할 수 없었다. 나는 문을 열었다. 그리고 그대로 얼어붙었다. 전 세계 어느 회사에서도 수요일 아침에 볼 수 있을 거라 상상할 수 없는 광경이 눈앞에 펼쳐져 있었던 것이다.

사장실 바닥에는 유황으로 추정되는 연기가 깔려 있었고, 바닥에는 소금으로 추정되는 흰 가루로 그려놓은 마법진이 있었다. 진 안에는 마치 영화 〈터미네이터〉에서 타임머신으로 시공간을 넘어왔을 때의 그 자세 그대로 사장님이 쭈그려 앉아 있었고 원이 그려진 둘레를 따라 다섯 개의 큼지막한 붉은 초가 같은 간격을 두고 세워져 불을 밝히고 있었다. 사장실은 오컬트 영화의 촬

영 현장 같았다.

"사장님!"

그제야 마법진 안에 있던 사장님이 고개를 돌렸다. 나는 움찔 뒤로 물러났다. 사장님에 얼굴에 괴이한 붉은 얼굴이 겹쳐 보였 던 것이다. 눈은 샛노란 색이었으며 송곳니가 입 밖으로 삐쭉 튀 어나와 있었다. 사장님은 내 모습을 보고 짧게 한숨을 쉬었다. 입 에서 하얀 연기 같은 것이 흘러나왔다. 유황 냄새가 더욱 독해졌 다. 동시에 저 밑, 낮은 곳 어딘가에서 흘러나와 방 전체를 뒤흔드 는 으르렁거림에 혼이 빠져나갈 것 같았다. 그리고 실제로 나는 그대로 혼절했다.

"일어나 보게. 유 과장!"

뒤통수에 차가운 회사의 시멘트 바닥이 느껴졌다. 눈을 뜨니 날 내려다보고 있는 사장님의 얼굴이 보였다.

"사장님?"

"괜찮나? 정신이 좀 들어?"

"이게 무슨……?"

나는 주변을 둘러보았다. 사장실 문 앞이었다. 사장실 안을 들 여다보았다. 평소 모습과 다를 바 없었다. 유황 연기도, 소금으로 만든 마법진도 없었다. 그저 책상과 소파, 그리고 컴퓨터 옆에 난

이 놓여 있고 창가에 골프 클럽이 있는 대한민국 여느 평범한 사장실이었다. 어떤 일이 벌어진 것인지 이해할 수 없었던 나는 사장님을 바라보았다. 노란 눈도 아니고 송곳니도 튀어나와 있지 않은, 평소와 다름없는 사장님이 걱정스러운 표정으로 날 바라보고 있었다.

"노크를 하고 문이 열리더니 갑자기 문 앞에 쓰러져서 걱정했다네."

"방금 전에……"

나는 말을 하려다가 그대로 입을 닫았다. 백일몽? 환시? 환각? 섬망? 나도 내가 본 것이 믿어지지 않았다. 방금 일어난 일이 꿈이었다면 사장님에게 내 말이 어떻게 들릴까? 실없는 소리나 하는 직원으로 찍힐 터였다. 과장이 유황, 촛대, 마법진 같은 소리나 하고 있으면 내가 사장이라 하더라도 한심해 보일 테니까. 굳이 어려운 회사 생활을 자처할 필요는 없었다. 하지만 진정 두려운 건 내가 착각하지 않았을 경우였다. 초자연적 존재에게 '당신 초자연적 존재 아니오?'라고 묻는 격이었으니까. 옛날에 할머니가 귀신 이야기를 해주실 때 늘 하시던 말씀이 있었다. 귀신을 보게 되면 모른 척하는 게 최선이라고.

"방금 전에…… 무슨 일이 있었……는지 기억이 잘 안 나네요."

"너무 무리한 거 아닌가. 이럴 때가 아니야. 내가 운전할 테니 함께 병원에 가세."

"아닙니다. ……괜찮습니다."

나는 서둘러 자리에서 일어났다. 그리고 고개를 꾸벅 숙여 인사를 했다.

"죄송합니다."

"그게 무슨 소린가?"

"건강관리도 직원의 의무인데 심려를 끼쳐드려 죄송합니다. 병원은 이따가 퇴근 후 가보겠습니다."

"아니야. 지금 당장 가야지. 일이 중요한가. 사람이 우선이지."

"아닙니다. 오늘까지 끝내야 하는 서류가 있어서요. 그리고 집사람이 일하는 병원이 있습니다. 퇴근 후 그쪽으로 가보겠습니다."

병원엔 정말 가볼 생각이었다. 정말이지 내 몸에 이상이 생겨 뭔가 헛것을 본 것일 수도 있으니까. 나는 다시 사장실을 보았다. 너무 사장실 같은, 평범한 어느 때의 사장실이 너무나 당연하게 보였다. 나는 사장님께 미소를 지은 후 다시 한번 꾸벅 인사했다. 때마침 경리를 보는 이 대리가 출근했다.

"과장님, 오늘은 웬일로 일찍 출근하셨어요?"

"아, 와이프 근무 교대 시간에 맞춰서 나오느라고. 차로 병원까지 바래다주고 지하철로 갈아타고 오다 보니 길이 안 막혀서 평소보다 일찍 왔어."

나는 미리 생각해두었던 변명을 길게 늘어놓았다.

하루 종일 일이 손에 잡히지 않았다. 아니. 잡힐 리가 없었다. 내 눈은 사장님의 뒤를 쫓고 있었다. 오전 내내 평소와 다름없었다. 이사님과 짧은 회의를 하고, 보고서들을 빠르게 검토하고 결재한 후 진행 중인 프로젝트의 구청 쪽 담당자와 미팅을 하러 갔다. 사장님이 떠나고서야 나는 긴장이 풀려 평소처럼 일에 집중할 수 있었다.

점심은 남은 직원들끼리 단출하게 설렁탕을 먹으러 갔다.

"사장님 뭔가 이상하지 않아요?"

뚝배기를 앞에 두고 직원들의 눈치를 살폈다.

"뭐가?"

깍두기를 우물거리며 이사님이 물었다.

"아니, 전 회사 사장님하고 너무 달라서요."

"전엔 어땠는데."

"말도 못하죠. 옆에서 숨만 쉬어도 달달 볶았어요. 기분이 아침 저녁으로 바뀌는데 그거 맞춰주는 게 우는 애 어르는 것보다 힘들었고, 그때도 지금 사장님처럼 영업을 직접 하셨는데 일 욕심은 많아서 뭘 잔뜩 물어 와가지고…… 근데, 아니, 상식적으로 우리가 할 수 있는 일을 따 와야 할 거 아니에요. 계산기 두드려보면 수가도 안 나오는 말도 안 되는 걸 덥석 물어 와서 맞출 수 없는 기간을 약속해놓고 늘 '야근해'를 입에 달고 살았죠. 야근을 해도 수당도 안 나오는데⋯⋯."

말하다 보니 과거의 끔찍한 기억이 떠올랐다. 자신보다 일찍 퇴근하는 걸 용납하지 못하는 사람이었는데, 집에 가는 걸 죽기보다 싫어했다. 아내도 3교대로 근무하고 있었던 탓에 한 달 내내 아내와 얼굴도 마주 못하는 때도 있었다.

"평범한 대한민국 회사네요. 저도 여기 오기 전 사장은 다른 건 다 참을 수 있었는데 입이 걸레여서 하루에도 참을 인을 백 번씩 외우고 다녔다니까요."

이 대리도 무언가 떠올랐는지 인상을 찌푸렸다.

"하긴. 우리 회사가 신기한 회사이긴 하지. 사장부터 하는 일까지."

늘 혼자 일하는 게 편하다며 별말 없는 부장님도 웬일로 한마디 거들었다.

"과장님이 아직 오래 안 돼서 신기하실 거예요. 우리 사장님이 완전 개인주의에 조직에 별 신경을 안 쓰시는 분이라 마인드가 딱 '내 일은 내가 할 테니 뒤처리나 니들이 해라' 이거잖아요."

삼 년을 함께했다는 이 대리는 확실히 나보다 사장님을 잘 알고 있는 듯했다.

"아니야. 처음부터 그런 분은 아니었는데, 변했지."

그때 이사님이 끼어들었다. 이사님 말에 따르면 2008년 이전에는 제조업을 하는 제법 큰 중견기업 대표로 꽤나 잘 나갔던 모양이었다. 대기업에 하청을 받아 납품하는 일을 하는 회사였는데 그때는 이면지 한 장에도 발발 떠는 사장으로 절약 정신, 주인 정신이 없다며 직원들을 쥐 잡듯 달달 볶았다고 한다. 어찌나 괴롭혔던지 이직률이 80퍼센트에 육박했던 탓에 공장에 숙련직 노동자 씨가 말랐고 덕분에 불량 땜빵 하는 것이 가장 큰일이었다고 한다. 이 정도 문제가 생기면 사실 하청에서 잘려야 정상이었지만 어떤 마술을 쓴 건지 초인적인 영업으로 매년 같은 하청을 따왔다고 한다.

"와, 듣기만 해도 지옥이 따로 없네."

"하하. 나야 당시에 갈 데가 없었거든. 애들도 어리고 해서 이 악물고 버텼지. 뭐."

하지만 2008년 서브프라임 모기지 론 사태가 터지며 모든 것이 변했다고 한다. 하청을 주던 대기업이 구조조정을 하며 원청업체를 다른 대기업에 매각했고, 졸지에 회사는 끈 떨어진 연 신세가 됐던 것이다.

"난리도 아니었어. 일은 싹 떨어지지, 임금은 밀리지, 어음은 돌아오지. 옆에서 보기에도 피가 마르더만."

여러 노력에도 불구하고 최종 부도 처리가 나면서 청산 절차에 들어갔고, 모두가 떠난 회사를 지키며 이사님이 마지막 뒷정리를 했다고 한다.

"그때 사람이 변했어. 갑자기 나한테 그러더라고. 그동안 고마웠다고, 자기가 재기할 테니까 어떻게든 갚겠다고."

"어떻게 재기한 건데요?"

"사재를 다 털었어. 보통 부도나도 사재는 감추고 감옥 가서 몸으로 때우잖아. 그게 훨씬 싸게 먹히니까. 근데 자산을 싹 정리하고 직원들에게 밀린 급료부터 준 다음 채권단하고 합의까지 봤지. 내가 알던 그 사람이 맞나 싶더라고. 나는 사장님이 야반도주할 거라고 생각하고 매일 아침 출근할 때마다 빈 사장실을 볼 거라고 생각했거든."

그 후 삼 년간 연락이 끊겼다고 한다. 아마 그동안 혼자 무언가를 해서 채권단에게 빚을 다 갚은 것 같다고 이사님은 답했다.

"삼 년 만에 연락이 왔어. 나는 이미 잊고 있었는데, 이제 당신한테 남은 빚을 갚을 차례라며 이사직을 제안한 거야."

"용케 함께 하겠다고 하셨네요? 우리 일이 언뜻 들어보면 말도 안 되게 들리잖아요."

"말도 마. 당시에 나, 대리 뛰고 있었어. 재취업을 못해서. 선택의 여지가 없었지. 망해도 임금은 챙겨줄 사람이고, 대리기사야 언제든 할 수 있으니까."

어느새 직원들의 뚝배기는 모두 비어 있었다. 자리에서 일어나며 이사님의 이야기를 다시 한번 생각해보았다. 우리 사장님이 정상적인 사장들과는 다른 것이 확실했다. 이건 직원들 전부가 동의하고 있었으니까. 그렇다면 이 비정상적인 훌륭함은 내가 아침에 목격한 환각인지 현실인지 알 수 없는 장면과 연관된 것은 아닐까? 하지만 증거가 없었다.

사실 아침에 본 걸 걱정할 상황이 아니었다. 그보다는 육아휴직 협상 결과를 기다리고 있을 아내에게 뭐라고 변명하느냐가 더 중요했다. 애초에 사장님이 자리에 없었다면 상관없겠지만 대면한 이상 거짓말을 하는 것은 바람직하지 못했다. 무슨 기술이 있는 건지 아내는 내 거짓말을 귀신같이 눈치챘다. 따라서 거짓말이 아닌 선에서 아내가 납득할 만한 변명을 재구성해야 했다. 퇴근 시간에 맞춰 아내의 병원에 꼭 들러야 하는 것도 그 때문이었다. 아무래도 아침에 쓰러졌다고 말하고 상황을 대충 무마하려면 집보다는 다른 사람들의 이목이 있는 병원이 편할 터였다. 병원에서 쓰러진 앞뒤 상황을 조목조목 따지진 않을 테니까. 이런 생각을 하며 엑셀 파일에 함수들을 넣고 있을 때 이 대리의 목소리가 급탕실에서 들려왔다.

"누가 바닥에 소금 쏟았어요? 아니, 청소기 좀 쓰려고 보니까

먼지 봉투가 소금으로 가득 찼네!"

키보드 위에 있던 내 손이 멈췄다. 등을 따라 온몸에 소름이 돋았다. 착각도 환각도 아니었다. 나도 모르게 자리에서 벌떡 일어났다. 모두의 시선이 내게 향했다. 뒤늦게 상황을 깨달은 나는 이사님을 바라보았다.

"오후 반차를 쓸 수 있을까요?"

"퇴근까지 두 시간도 안 남았는데?"

"아침에 현기증으로 잠깐 졸도했거든요. 사장님이 병원 가라고 하셨는데 잊고 있었어요. 지금이라도 가려고요."

"급한 거 아니면 차라리 내일 오전에 쓰지. 지금 반차면 자네만 손해잖아."

"빨리 검사받아야 할 거 같아서요."

"그래. 그렇다면야…… 건강이 중요하지. 자네 괜찮은 거지? 표정이 넋이 나간 것 같아."

"네. 병원에 가보면 괜찮아지겠죠."

서둘러 사무실을 빠져나왔다. 외근이 끝나면 돌아올 사장님과 마주치고 싶지 않았던 것이다. 그를 보고 어떤 표정을 지어야 할지 알 수 없었다. 승강기 버튼을 눌렀다. 다시금 아침에 봤던 믿을 수 없는 광경이 떠올랐다. 내가 봤던 것은 과연 무엇일까. 그 초

현실적이고 오컬트적인 존재가 사장님에게 씐 거라면 이제 회사는 어떻게 되는 것일까? 사장님이 악마에 빙의된 것을 사유로 퇴직한다면 퇴직연금은 나오는 것일까? 이런 생각을 하며 승강기를 기다리는 내내 다리가 떨렸다. 아니, 꼭 사장님만 악마에 빙의되라는 법이 있나? 생각이 거기까지 번지자 모두가 수상해 보였다. 이사님은 왜 그리 사장님 편을 드는 것일까? 부장님은 왜 말이 없지? 생각에 생각이 꼬리를 무는 동안 문득 서러워졌다. 지지리 복도 없지. 기껏 이직한 회사가 이 모양이라니. 이윽고 띵 하는 소리와 함께 승강기 문이 열렸다.

그 안에는 사장님이 있었다.

"어디 가는 건가?"

말문이 막혔다. 애써 정신을 가다듬고 입을 열었다.

"아! 병원 가려고 반차 냈습니다."

"진작 가보라니까. 사람이……. 아니다, 자네 차 없지?"

"네? 네."

"아까 그랬잖아. 병원에 차 두고 왔다고. 내가 병원까지 태워다줄게."

"예에?"

"같이 가자고. 내가 태워줄 테니까."

"아…… 아니, 택시 타고 가면 됩니다."

"회사에서는 다들 아니까 상관없지만 택시는 아는 사람도 없는데 가다가 또 쓰러지면? 그냥 내 차 타고 가."

"바쁘실 텐데 그렇게까지는……"

"직원 챙기는 것도 사장의 일이야. 잔말 말고 타. 상사의 호의는 거절하는 게 아니야!"

나는 치과에 끌려가는 아이의 심정으로 승강기에 탔다. 웅 하고 승강기가 내려가는 소리가 들렸다. 마치 저 땅 밑 어딘가로 끌려가는 기분이었다.

"몸이 많이 안 좋은 모양이네, 떠는 걸 보면. 누가 보면 꼭 도살장에 끌려가는 줄 알겠어."

나는 억지로 웃어 보였다.

오후 네 시의 강남대로는 막혔다. 나는 자동차 브레이크 불빛들을 바라보며 이 순간이 가능하면 빨리, 무사히 지나가기만을 기원했다. 사장님은 아무 말 없이 전방을 주시하고 있었다. 어딜 봐도 자동차의 미등뿐이었다. 막힌 길처럼 내 숨도 막혔다. 인간 사장님과 단둘이 차 안에 있어도 어색해 환장할 지경일 텐데, 내 경우엔 인간이 아닐지도 모를 사장님이었다. 한숨이 절로 나왔다. 그리고 그 소리가 생각보다 너무 커서 또 한 번 놀랐다.

"왜, 불편한가?"

"아니요…… 환기가 필요한 것 같아서요. 차내 공기요. 이게 자동차를 오래 타면 이산화탄소가 막 쌓여서 자꾸 졸리고, 한숨 나오고, 그게 그렇게 된다고, 그렇다고 하더라고요. 신문에서 봤어요. 그래서 꼭 환기를 해줘야만 운전 중에 졸거나 하는 사고도 예방하고 또……"

나도 내가 뭐라고 떠들고 있는지 알 수 없었다. 다만 이 상황을 모면하기 위해 뇌보다 입이 먼저 쏟아내고 있었다.

"어? 근데 이 차는 자동으로 외기 순환 모드가 되는데."

"하하, 좋은 차는 그렇구나. 그러면 제가 졸린 건가요? 하하. 사장님 앞에서 졸다니. 이러다 또 휙 쓰러지는 건 아니겠죠."

갑자기 사장님은 비상 깜빡이를 켜고 차를 바깥 차선으로 뺐다. 그러고는 강남대로에서 핸들을 꺾어 한 골목길로 들어갔다. 나는 급박한 상황 변화에 어쩔 줄 몰라 사장님과 창밖을 번갈아 보며 눈만 깜빡일 뿐이었다. 그사이 사장님은 한 건물의 빈 주차장의 주차선에 차를 반쯤 걸친 채 사이드브레이크를 올렸다. 핸들에서 손을 떼고 내 쪽으로 고개를 돌렸다. 겁에 질린 나는 반사적으로 안전벨트를 풀었다.

"왜? 상태가 많이 안 좋나?"

"막…… 안 좋거나 한 건 아닌데, 이게 또 저도 제가 상황이 어떤지 모르다 보니까, 막 당황스럽고 그런 건데, 이게 저도 상황이 상황이니만큼 또 처음 겪어보고, 그런 거다 보니까 뭘 해야 할지도 모르겠고요."

그는 내 답을 듣곤 고개를 끄덕였다. 그리고 갑자기 낮은 목소리로 물었다.

"어디까지 본 건가?"

"소금으로 그린 이상한 동그라미랑, 촛불이랑, 그런 거요. 유황 냄새도 좀 났고…… 노란 눈이랑……"

문득 내가 너무 많이 떠들고 있다는 걸 깨달았다. 목소리가 자연스럽게 줄어들어 말을 잇지 못했다.

"자네가 생각하는 그런 게 아니야. 다 설명할 수 있다네."

날 바라보는 사장님의 눈빛이 예사롭지 않았다. 노란 그 눈은 아니었지만, 충분히 무서웠다. 생각해보았다. 여기 남아 있을 경우와 그렇지 않을 경우. 그가 초자연적인 존재이거나 나의 착각이거나. 전자의 경우 위험이 너무 컸다. 답은 하나였다.

나는 달아나기 위해 차 문손잡이를 당겼다. 하지만 문은 꼼짝하지 않았다. 호흡이 가빠졌다. 쿵쾅대는 심장 박동을 느끼며 고개를 돌렸다. 사장님이 인상을 찌푸리며 내 쪽으로 팔을 뻗었다. 나는 다시 문을 열기 위해 손잡이를 당겼다. 하지만 문은 꼼짝하지 않았다. 어디선가 삑삑거리는 경고음이 울리고 있었다. 겁에 질린 나는 유리창을 두드렸다.

"살려주세요! 제발! 살려주세요!"

어떤 마법적이고 초월적인 힘이 분명했다. 손가락 하나 닿지 않았는데 문이 열리지 않았으니까. 꿈에서도 한낮에 강남대로 옆 골목길에서 악마와 한 자동차에 갇혀 얼굴을 마주할 것이라고 상상해본 적은 없었다. 그러나 악몽에도 나오지 않을 일이 지금 눈앞에서 펼쳐지고 있었다. 나는 목청껏 비명을 지르기 위해 숨을 들이마셨다. 그때 문 옆으로 트럭이 지나갔다. 동시에 삑삑거리는 경고음이 꺼졌다. 비명을 지르려 들이마신 공기가 날숨으로 바람 빠진 풍선 소리를 내며 흘러나왔다. 다시 손잡이를 당겼다. 덜컥 차 문이 열렸다.

"이 차에는 도어링 방지 장치가 달려있다네. 개문 사고 예방 장치라고 하면 알려나?"

밖으로 도망가려던 내 몸이 민망함에 멈칫했다. 아아, 비싼 차를 타봤어야지.

"그리고 어쨌든 난 자네 회사 사장이라네."

머리 위에 얼음 양동이를 쏟아부은 것처럼 정신이 번쩍 들었다. 달아나는 쪽과 달아나지 않는 쪽 중 어느 쪽 리스크가 더 큰지 명확히 깨달았다. 설사 악마라 해도 월급을 주는 악마였다. 나는 다시 차 문을 닫았다.

"죄송합니다. 제가 흥분을 좀 했습니다."

"괜찮네. 이런 반응을 보인 게 자네가 처음은 아니니까."

변명하는 것도 지겹다는 투로 사장님이 말을 이어나갔다.

그의 진짜 이름은 듣지 못했다. 악마들이 솔로몬에게 수시로 강제 소환되고 사기당했던 사건 이후로는 인간에게 자신의 진짜 이름을 알려주는 것이 금기라 했다.

"소환당하는 건 좋은 일이 아닌가요?"

"생각해 봐. 자네가 퇴근한 이후에 내가 시도 때도 없이 카톡으로 부르면 어떤 기분일 거 같나? 악마를 소환하는 소설, 영화들을 봐. 다 악마들이 하나같이 빡쳐 있지? 왜라고 생각해? 인간들이 시도 때도 없이 별 시답지 않은 이유로 불러내니까 그런 거야."

"그럼 막 마법진 같은 걸 만들어서 뭘 하고 있었던 건가요?"

"보고하고 있었던 거지. 지옥에."

사장님의 육체는 원래 사장이었던 사람이 삼십 년 전에 이십 년 만기 부자가 되는 조건으로 악마와 계약해 그의 영혼과 함께 담보로 잡힌 것이라고 했다. 해서 만기가 됐던 2009년, 그의 영혼이 지옥으로 끌려갔고 남은 육체는 그가 속해 있는 악마 군단에서 인수했다고 한다. 듣고 보니 이사님이 말한 사장님이 급작스럽게 변한 시기와 일치했다.

"악마도 인간 회사처럼 막 지상에 파견을 나오나요?"

"그럼. 현재의 회사 조직이라는 게 19세기 프로이센 군대를 본 따 만든 거고, 그 기원이 되는 모델은 로마 군단인데 그 원형을 누가 만들었겠나."

이름을 알 수 없는 사장님은, 그러니까 지옥에서 파견 나온 일종의 주재원이었던 셈이다. 하지만 이해가 가지 않았다. 악마가 기껏 지옥에서 나와 자선사업을 알선하다니. 뭔가 내 이해를 초월한 심오한 음모가 있는 건 아닌가 싶었다.

"근데 왜 이런 일을 하세요?"

"혹시 악마가 왜 인간의 영혼을 필요로 하는지 아나?"

"아니요."

"토마스 아퀴나스의 《신학대전》도 안 읽어본 모양이군. 아, 맞다. 자넨 무교였지."

면접 때 봤던 내 이력서를 떠올린 모양이었다. 지금 시대에 기독교를 믿는다 해도 《신학대전》을 읽을 것 같진 않았지만 악마들 기준에선 당연히 한 번쯤 볼 만한 책이었던 모양이다. 어쨌든 그의 설명에 따르면 우리가 상상하는 지옥은 일종의 관념적이고 상징적인 장소라고 했다. 지옥불이 끓고 악마가 고문하는 것은 무지한 중세 농노들이 이해하기 쉽도록 우화적이면서 도상학적인 설명을 하기 위해 만든 일종의 상징 서사라 했다.

"인간이 죽고 나면 그 영혼은 아스트랄계에서 자신이 지었던 죄로 스스로 불타오르거든. 그걸 성서에서는 지옥불의 고통을 받는다고 표현하는 거야."

"그런데 다들 악마에 의해 지옥에 끌려가 고통받는다고들 하잖아요."

"우리가 속해 있는 아스트랄계는 질량이 부재한 세계거든. 이 말은 물리학적으로 표현하자면 에너지를 저장할 방법이 없는 세계란 뜻이야. 하지만 인간의 영혼은 특이하게 멘탈계부터 물질계까지 모두 속해 있어. 그러니 21그램의 인간 영혼은, 특히 죄로 불타오르고 있는 영혼은 우리들에게 좋은 에너지원이지."

갑자기 등장한 물리학은 그의 말을 꽤나 신빙성 있게 들리게 했다. 나는 이해도 못하면서 감탄했다. 사장님은 내 표정을 보며 내가 아무것도 모른다는 걸 눈치챈 듯 이렇게 덧붙였다.

"그러니까 우리는 인간 영혼을 배터리나 난로 같은 걸로 쓴다는 의미야."

"에이, 21그램이면 순식간에 타버릴 텐데요."

"자네는 신학뿐만 아니라 물리학에도 무지하군. 아스트랄계에 질량이 없다는 의미는 인간이 지닌 질량이 아스트랄계로 변환될 때 그대로 에너지로 전환된다는 뜻이라고. 질량 1그램을 에너지로 환산하면 89조 줄이야. 전기로 변환하면 250억 킬로와트지. 그런데 그런 게 21그램이나 있는 거야. 시간당 300와트 전열기

수준으로 인간 영혼이 불타오른다고 가정하면 성서에 나오는 죄인의 영혼이 지옥에서 영원히 고통받는다는 표현은 결코 과장이 아니야."

엑셀도 없는데 계산을 잘하신다는 내 칭찬에 사장님은 자신이 속해 있는 악마 군단의 수장이 파이몬이라고 했다.

"우리 수장이 과학과 학문, 그리고 지옥불을 관장한다는 건…… 모르겠군. 영화 〈유전〉에도 나오는데."

"아, 무슨 기름 채굴하고 그걸로 불붙이는 영화인 모양이죠?"

"참내. 무식하긴. 하긴 쉽게 만든 영화도 안 보는 놈들이 악마학을 알 리가 없지."

사장님은 인상을 썼다. 그의 말에 따르면 최근 악마들이 직면한 가장 큰 문제는 다름 아닌 죄를 지은 인간의 영혼이 아스트랄계로 너무 많이 넘어온다는 것이었다. 얼핏 에너지원이 많이 생겨 좋은 것이 아니냐고 하겠지만, 그의 표현에 따르면 한 집 건너 한 집마다 발전소가 들어선 격이라 했다.

"우리 군단은 최근 지옥으로 유입되는 인구를 줄이기 위해 자선과 보건사업에 역량을 집중하는 중이야. 피임 기구를 널리 보급하고, 제3세계에 관련 교육도 하고, 가능하면 인간 영혼을 최대한 멘탈계로 올려 보내고, 인구 증가율을 감소시켜 아스트랄계의 에너지 포화 위기를 해결하려 하는 거지."

미뤄 짐작하건대 그가 말하는 멘탈계가 아마도 천국인 것 같았다. 인간들을 최대한 천국으로 올려 보내려 하는 악마라니 아무래도 이상했다. 내가 무슨 생각을 하고 있는지 읽기라도 하는 것처럼 사장님은 말을 이었다. 아니, 아내도 읽을 수 있는 내 생각 따위, 악마에게는 뻔했으리라.

"그래. 말도 안 되지. 우리 수장이 지옥불 관리 책임만 아니었으면 우리도 이딴 짓은 안 할 거야. 하지만 죄인들의 급증으로 아스트랄계 질서가 붕괴되고 있거든. 물론 다른 군단에선 우리가 하는 일을 싫어하거나 반대하는 악마들도 있어."

사장님 말로는 짐승을 만드는 군단 쪽에서는—묵시록의 그날, 세계의 종말을 일으킬 짐승 역시 질량을 가진 존재이므로 인간 영혼을 재료로 만들고 있는 중이라 했다—대놓고 이런 사업들을 악마의 본분을 잊은 행위라 비난한다고 했다.

"하지만 흑사병 때와 양차 세계대전 이후로 아스트랄계가 이렇게 엉망이 된 적이 없었어. 하급 임프들은 거주지가 없어 멸종할 지경이라고. 근데 우리 파이몬 님의 군단 구성원 대부분은 임프라서 이건 진짜 군단의 운명이 달린 심각한 문제야."

여기까지 들은 나는 벌어진 입을 다물지 못했다. 지구가 온난화 위기에 직면한 것처럼 지옥에도 여러 복잡한 사정이 있는 모양이었다. 온난화 같은 건 없다고 반대하는 쪽이 있는 것처럼 지옥에도 다른 정치 경제적인 입장을 가진 악마들이 있겠지.

"근데 이런 걸 다 말해주셔도 상관없나요?"

"어차피 자네가 말해도 아무도 믿어주지 않을 텐데. 상관없잖아. 요즘 세상에 악마라니. 비웃음이나 안 당하면 다행이지."

그가 옳았다. 나도 직접 보지 않았다면 믿지 않았을 일이었다. 아니, 아직 마음 한편에서는 이 모든 게 사장님의 장난이었으면 좋겠다는 마음도 있었다.

"이렇게까지 상세하게 설명해주시다니, 악마가 의외로 친절하군요."

"내가 괜히 이야기하는 거 같나? 다시 생각해보라고, 애 낳는 거."

망치로 정수리를 얻어맞은 느낌이었다.

"이건 사장이 아니라 악마로서 하는 조언이야. 오죽하면 우리들이 이런 짓까지 하겠어. 이런 시대에 아이를 낳아 키우는 건 기적이거나 엄청난 죄악 둘 중에 하나야. 인간이 할 짓이 못 된다고."

울컥, 속에서 무언가가 치받았다. 나는 항변하듯 외쳤다.

"당신들이 이렇게 만든 거잖아."

"인간의 악행을 설명하는 데 꼭 우리 존재를 상정할 필요는 없다네. 우리가 개입하지 않아도 스스로 충분히 잘하고 있거든. 그것도 너무나. 오죽하면 우리가 자선사업까지 중개하겠나. 이러다 천국에 갈까 걱정이야."

말하고 싶었다. 항변하고 싶은 것이 잔뜩이었지만 나는 한마디도 하지 못했다. 그저 꿀 먹은 벙어리처럼 고개를 끄덕거릴 뿐이었다.

술집에 들러 홀로 술을 마셨다. 집으로 돌아오는 길은 비참했다. 내내 아내에게 무슨 말을 해야 할까 걱정하며 복잡한 머릿속을 정리하기 위해 애썼다. 현관문이 열리고 오늘 내내 내가 가져올 답을 기다린 아내가 서 있었다. 아내는 내 표정만 보고도 무슨 일이 일어났는지 알겠다는 듯 현관에 서 있는 날 포옹했다.

"괜찮아. 방법이 있겠지. 있을 거야. 이 넓은 세상 우리 아이 하나 낳을 자리 없겠어."

아내는 따뜻한 목소리로 날 위로했다. 그 말에 왈칵 눈물이 쏟아졌다.

새벽녘, 잠에서 깨어났다. 아내는 옆에서 깊이 잠들어 있었다. 아내의 얼굴을 바라보았다. 지난주에서야 3교대 야간조 근무가 끝난 탓에 눈가에 아직 희미한 다크서클이 남아 있었다. 이런 상황에서도 이 사람은 아이를 갖고 싶어 한다. 이 불안하고 두려운 시대에.

나는 잠든 아내를 끌어안았다. 아내는 잠결에 반대쪽으로 돌아누웠다. 그녀의 척추가 품 안에서 하나하나 느껴졌다. 그리고 아랫배를 따라 따뜻한 그녀의 체온이 전해졌다.

21그램.
1869조 줄의 에너지.

가늠조차 할 수 없는 아득한 숫자였다.

우리가 함께해 또 다른 21그램의 영혼이 우리 사이에 찾아온다고 생각하자 지금 하려는 일이 얼마나 두렵고 엄청난 일인지 손에 잡힐 듯 느껴졌다. 나는 아내를 더욱 꼭 껴안았다. 그녀는 나지막이 잠투정을 했다. 사장님 혹은 악마의 말처럼 우리에겐 기적이 필요한 건지도 몰랐다. 어쩌면 생명이 태어난다는 것 자체가 우리가 상상하는 것 이상으로 엄청난 일일지도 몰랐다. 평범하고 무지한 우리에게는 너무나 과분한 일이리라. 하지만 내 품에 있는 아내의 심장박동을 느끼며, 그 희박한 가능성에 희망을 걸어볼 수 있을 것 같았다.

"진짜, 잠 좀 자자."

잠이 가득한 목소리로 아내는 자신의 엉덩이를 내 사타구니에 부볐다. 아이를 만들기 좋은 날이었다.

불용(不用)

구멍이 있다는 걸 깨달은 건 다음날 아침이었다. 신발을 신다 보니 가슴팍 사이로 차가운 바람이 불었다. 손가락을 넣어보았다. 확실히 셔츠 사이로 보이는 가슴에 휑한 구멍이 있었다. 두꺼운 모직 셔츠를 꺼냈다. 보통은 신경조차 쓰지 않겠지만 귀찮게 구는 사람이 있을지도 몰랐다.

　"손가락 넣어봐도 돼요?"

　아는 사람의 가슴에 구멍이 났을 때 누군가 이렇게 묻는 걸 들은 적이 있다. 세상엔 별의별 사람이 다 있는 법이다.

　역까지 가는 길엔 아무 일도 없었다. 모직 셔츠는 훌륭했고, 구멍은 보이지 않았다. 혹시나 싶어 가방을 앞으로 멨지만 아무도 신경 쓰지 않았다. 나는 어떤 석상이 되어버린 기분이었다. 가슴에 구멍이 뚫린 사람이라면 이상하겠지만, 구멍이 뚫린 석상이라면 어딘가에 하나쯤 있을 것 같았다. 내려야 할 순간이 되어 교통카드를 꺼내기 위해 안주머니에 손을 넣었다. 손에 돌가루가 묻어 있었다. 그것을 바지에 문질러 털어냈다.

거리에선 북풍이 불고 있었다. 출근하는 사람들은 개찰구를 나와 바람을 거슬러 걸었다. 셔츠 자락 사이로 낮은 바람의 울음소리가 들렸다.

"아, 바람이 무섭게 부네."

웅웅거리는 소리를 듣곤 같은 방향으로 걷던 아가씨가 나지막이 중얼거렸다. 나는 발걸음을 서둘렀다. 구멍을 가방으로 가리면서.

작업실 문을 보자 마음이 놓였다. 알루미늄 틀에 간유리가 끼워진 초라한 문이었지만 어쨌든 내 작업실이었으니까. 문을 열었다. 모든 것은 어제 나서기 전 모습 그대로였다. 책상에 낡은 스탠드가 있었고, 깎은 금속 조각들이 지우개 똥처럼 사방에 흩어져 희미하게 반짝이고 있었다. 책상 뒤쪽에는 세상에서 가장 작은 밀링 머신이 있었고, 그 앞쪽으로는 방청유 냄새가 길가에 앉아 있는 양떼마냥 주저앉아 있었다.

나는 목을 움츠린 채 오른쪽 어깨를 작업실 안으로 집어넣었다. 다음으로 몸을 비스듬히 틀었다. 그대로는 들어가지 않았으니까. 그러다 계단 앞에 서 있는 건물 주인과 눈이 마주쳤다.

"매번 보는 거지만…… 신기해서 말이야. 꼭, 그 뭐냐…… 서커스 같아."

그는 변명하듯 말했다. 나는 대답 대신 미소를 지었다.

계단 아래 있는 내 작업실은 관보다 작다. 장의사 김 씨가 그렇게 말했으므로 틀림없을 것이다. 관에 자물쇠를 달고 싶어 하는 어떤 사람 때문에 내 작업실에 찾아왔을 때 그는 선언하듯 이렇게 말했었다.

"자네 관을 만들어도 이보다는 크겠군."

불편하지 않다면 거짓말이다. 그러나 임대료를 생각하면 이 도시에서 내가 감당할 수 있는 넓이는 딱 이 정도였다.

"빌려줄 수 없겠는 걸. 자넨 들어갈 수도 없을 테니까."

주인은 이렇게 말했다.

"문을 닫을 수 없다면 저도 포기하겠습니다."

경계하는 너구리 같은 표정으로 잠시 고민하던 주인은 고개를 끄덕였다. 나는 장화라도 신는 것처럼 어깨를 한쪽씩 문 안으로 밀어넣었다. 처음엔 꽉 끼는 느낌이었지만 숨을 내쉬자 잘려나간 손톱만큼의 여유가 생겼다. 목을 최대한 움츠리고 어깨를 웅크렸다. 마지막으로 오른손으로 문손잡이를 당겼다. 간유리로 된 쪽창이 있는 문은 내 몸집에 항의라도 하듯 끼이익 소리를 내며 닫혔다. 그 소리는 김수영의 시를 떠올리게 했다.

"말도 안 돼."

밖에서 주인의 목소리가 들렸다.

"여긴 계단 밑에 청소 도구를 넣기 위해 만든 거라고."

"앞으로 제가 청소 도구라고 생각하며 살아보겠습니다."

어떤 청소 도구가 될 수 있을지 떠올려보았다. 청소 도구란 워낙 종류가 많으니까. 대걸레가 되는 일은 어쩐지 상상력이 부족해 보였다. 양동이가 마음에 들었지만 손잡이를 플라스틱으로 할지 나무로 할지 결정할 수 없었으므로 둘 다 포기했다. 총채와 창문닦이 중 하나를 골라보려 했지만 둘 다 부잡스러웠다. 주철로 된 쓰레받기라면 기꺼이 될 마음이 있었다. 나는 늘 한번쯤 금속이 되어보고 싶었으니까. 하지만 주인의 인상을 보니 이곳에선 플라스틱 쓰레받기를 쓸 것만 같았다.

"숨은 쉴 수 있나?"

양 어깨가 벽에 끼인 탓에 옴짝달싹할 수 없었다. 콘크리트로 된 교도관들에게 잡혀 끌려가는 기분이랄까. 그래도 최대한 얇게 끊어 숨을 쉬자 청소 도구함이 강보처럼 느껴졌다. 포대기를 어찌나 꼭 싸맸는지 공갈 젖꼭지라도 하나 물고 있어야 할 것 같았다.

"제법 넉넉한데요."

"불편한 건 없나?"

"등은 밖에서 긁고 들어와야 할 것 같습니다."

"안에 들어갈 책상도 없을 텐데."

"제가 깎아보겠습니다. 깎는 게 제 일이니까요."

"그렇다면야…… 나오게. 계약서를 써야 하니."

나오는 게 들어가는 것보다 힘들었다. 나는 계약서에 서명을 했고 그렇게 작업실을 얻었다. 처음으로 이 도시에 받아들여진 것만 같은 기분이었다.

집을 얻을 땐 그렇지 못했다. 부동산 중개인은 점점 먼 곳을 보여줬다. 시 경계에서 한참이나 떨어진 곳에 날 데리고 간 그는 여기도 마을버스가 멈추니까 어쨌든 역세권이라 주장했다. 입구에 선 이끼가 낀 깨진 기와의 홈을 따라 빗방울이 뚝뚝 떨어졌다. 가난이란 깨진 기와가 흘리는 눈물이구나. 나는 아귀가 맞지 않는 나무 문을 닫으며 그런 생각을 했다. 나무 문은 작업실 문보다 더 길고 구슬픈 끼이이이익 소리를 냈다. 가난한 이들의 문이란 훌륭한 시인이자 가수이다.

"재개발이 시작되기 전까지, 거의 거저나 다름없이 지낼 수 있어요."

그것은 머지않아 이곳에서 쫓겨날 것이라는 예언이자, 내가 가진 것 없는 존재라는 판결이었다. 부동산 중개인이 그런 일까지 하는지 그날 처음 알았다. 그것은 그녀에게 당했던 거절만큼이나 아팠다. 그런데도 나는 그때와 같은 대답을 할 수밖에 없었다.

"그렇구나."

"알잖아. 계속 이런 식으로 지낼 순 없어. 그러니 그런 표정 짓지 마."

그녀의 대답은 마침표만큼이나 단호했다. 웃으려 했지만 잘 되지 않았다. 내 표정도 그녀의 결정만큼이나 어쩔 수 없었다. 관계의 끝에서 웃을 수 있을 만큼 나는 호인이 아니었으므로.

밀링 머신 앞에 쌓인 금속 부스러기를 치웠다. 바다 건너에서 만든, 세상에서 가장 작은 밀링 머신조차도 너무 커서 작업실에 집어넣을 수 없었다. 케이스를 벗겨 하부와 가동부, 조작부로 나누고 책상 위에 따로 배치했다.

여름의 정점이었다. 문 앞 복도에 쪼그려 앉아 케이스를 벗겨

내는 동안 계단을 오르는 사람마다 내 모습을 신기하다는 듯 바라보았다. 아스팔트 열기에 뜨거워진 공기가 축사로 돌아가는 소떼처럼 복도를 따라 밀려왔다. 소 울음소리 같은 복사열이 작업실을 가득 채우는 동안 땀은 작은 소(沼)라도 만들 기세로 흘러나왔다. 문을 열 때 마다 김수영의 〈풀〉 같은 소리를 내는 작업실 문조차 무더위에 뜯어 먹힌 것인지 조용했다. 도와주러 왔던 선배는 혀를 찼다.

"열쇠 복제기 하나 사지. 미련하긴."

선배가 옳았다. 그 후 수많은 손님들에게 듣게 될 '다른 집은 십 분이면 끝나던데'라는 불평은 열쇠 복제기를 샀으면 해결될 일이었다. 그러나 복제기는 원본이 있는 열쇠만을 깎을 수 있다. 내가 하고 싶었던 건 열쇠가 없는, 잃어버린, 부서져버린 자물쇠를 위해 새 열쇠를 만드는 일이었다. 열쇠가 없다 해도 실력 있는 열쇠공이라면 자물쇠를 열 수 있다. 그 후 새 자물쇠를 달면 된다. 열쇠가 있는, 부착해주길 기다리는 자물쇠들은 세상에 얼마든지 있으니까. 하지만 이미 생산이 중지된 고정식 금고, 빈티지한 자동차나 오토바이, 오래된 건물의 골동품 수준의 철문까지 새 자물쇠를 달 수 없는 것들도 있다. 그럴 경우엔 새 열쇠를 만들어야한다. 열쇠는 늘 시간 속에서 마모되거나, 자신의 존재감을 드러내기 위해 녹슬어 반으로 부러지거나, 다른 차원 너머로 사라지곤 하니까. 그런 일이 벌어지면 자물쇠는 홀로 남는다. 그것은 자물쇠에게도 주인에게도 모두 곤란한 일이다. 내가 되고 싶었던 건 홀로 남은 자물쇠들을 위한 새 열쇠를 만드는 사람이었다.

하지만 선배 말대로 그것은 쓸데없는 짓이었다. 새 열쇠를 만들고 싶어 하는 사람은 수십 명의 고객들 중 한 명꼴이었고, 그나마 필요한 시간과 비용을 말해주면 포기하기 일쑤였다.

버려진 테이블을 삼분의 일쯤 자른 후, 새로 다리를 달아 만든 책상에 분해된 밀링 머신을 배치하고 나자 책상은 마치 황지우의 시처럼 보였다. 나는 만족했다. 전원을 넣자 모터가 돌아갔고, 그것은 흰 새떼들이 낄낄거리는 것처럼 들렸다. 그 소리에 소떼들마저 자리를 잡고 누워 잠든 것 같았다. 어깨에 닿는 시멘트 벽의 열기를 느끼며 시험 삼아 열쇠를 깎았다. 손이 가는 대로 만든 것이었으므로 세상 어느 자물쇠에도 맞지 않을 열쇠였다. 열쇠는 문제없이 깎였고 밀링 머신은 완벽하게 작동했다. 그리고 내게는 아무것도 열 수 없는 열쇠 하나가 생겼다. 나는 그것을 서랍 속에 넣었다.

열쇠를 복제하러 온 수많은 사람들 중 그녀는 처음으로 사라진 열쇠를 만들러 온 사람이었다.

"열쇠가 없는 자물쇠를 위한 열쇠를 만들 수 있나요?"

그녀는 문 밖에 서서 이렇게 물었다.

"네. 자물쇠가 없어 아무것도 열 수 없는 열쇠도 만들 수 있는 걸요."

그녀는 웃었다.

"이곳에서 열쇠를 깎는다고요?"

"네."

열린 문틈으로 그녀의 얼굴이 절반쯤 갸웃하고 보였다. 그녀는 내 작업실이 신기한 것 같았다.

"일을 안 하실 때는 뭐하세요?"

"시집을 봅니다."

"시요?"

"네."

"왜요?"

"다른 책을 펼치기엔 너무 좁으니까요."

처음엔 손님이 없었다. 열쇠 깎는 일은 낚시 같아서 계절을 타니까 함께 할 다른 일을 찾아보는 게 좋겠다고 선배는 말했다. 구두의 밑창을 간다든지, 배관 수리하는 일을 한다든지, 도장을 깎는다든지, 보일러를 고친다든지 그런 일들 말이다. 그러나 내가 빌린 작업실은 열쇠와 자물쇠를 걸어두는 것만으로도 자리가 부족했다. 벽에는 다양한 종류의 열쇠와 자물쇠가 걸려 있었고, 발 밑에는 공구 상자가 있었다. 슬리퍼로 갈아 신으면 신발 둘 곳이 없어서 공구 상자 위에 올려놓아야 했다. 책상과 작은 밀링 머신이 벽에 붙어 있었고 내가 앉을 작은 의자까지 들어가면 종이 한 장 집어넣을 틈도 없었다. 덕분에 매일 시집을 읽었다. 다른 책은 가지고 들어올 수도 없었으니까. 시집조차도 책을 온전히 펼칠 수 없었다. 완전히 펼치면 앞쪽에 걸려 있는 자물쇠에 닿았다. 반으로 접어 펼친 채 페이지를 넘길 때마다 책을 비스듬히 돌려 아래로 넘겨야 했다. 그렇게 보면 시들은 조금 더 소박하고 담담하게 느껴졌다. 덕분에 타인의 고통은 반절로 줄었고 슬픔도 어쩐지 견딜 만해 보였다. 무엇보다 덜 펼쳐진 페이지만큼 손님 없이 보내는 하루도 딱 그만큼 비루했다. 진짜다. 공간이란 내야 할 돈과 등가를 이루는 것이고, 나는 청소 도구함만큼의 넓이를 허락받았으며, 여느 가난도 예외 없이 비루한 법이니까. 덕분에 나는 무표정해지는 법을 배웠다.

나중에 그녀는 침대에 나란히 누워 내가 구구절절 떠들지 않아 좋다고 했다.

우리가 끝날 때는 당신은 나의 무표정한 얼굴과 과묵함이 싫다고 말했다.

납득할 수 있었다. 끝은 대체로 그렇게 찾아오는 법이니까.

나는 밀링 머신 앞에 앉아 부젓가락 크기의 쇠막대기를 깎았다. 에에에엥, 깎여나가는 쇠막대는 서럽게 울었다. 걸을 때마다 바람 소리를 내며 다닐 수는 없다. 깎여나간 쇳조각들이 꼬불꼬불하게 말려 쌓이는 동안, 가슴에 난 구멍은 희미한 휘파람 소리 같은 것을 냈다. 어떻게 들으면 해녀의 숨비소리 같기도 했고, 달리 들으면 매잡이의 매 부르는 소리 같기도 했다. 정확한 사이즈를 맞추기 위해 앞섶을 풀었다. 구멍 주변을 따라 검은 화약 자국이 있었고, 끝이 약간 뭉개져 있었다. 주변이 아리긴 했지만 딱 그 정도였다. 고통도 익숙해지는 법이니까. 굳이 말하자면 좀 허전할 뿐이었다. 그러니까 매잡이가 돌아오지 않을 매를 부르는 마음이랄까. 허나 계속 이렇게 살 수는 없었다. 심지어 그것이 형벌이라 해도 말이다.

"사람을 죽였다고 들었습니다."

경찰 둘이 찾아왔다. 그들은 나무 문을 밀며 들이닥쳤다. 나무 문은 작게 비명을 질렀다.

"죽인 건 사실이지만 생각하시는 그런 게 아닙니다."

"우리가 뭘 생각하고 있다는 건지는 알 수 없지만, 당신이 한 일은 알고 있습니다."

"부탁받았던 겁니다."

"분별 있는 사람이라면 그런 부탁은 거절할 테지요."

"선택할 수 있다면 하지 않았을 겁니다."

"다들 그런 식으로 변명하지."

조용히 서 있던 나이 많은 경찰이 입을 열었다. 내내 인상을 찌푸리고 있는 그의 이마 주름은 마치 불만이란 이름의 산에 그려진 등고선처럼 보였다.

"그렇군요."

"그렇지."

"이제 어떻게 하면 되는 건가요? 수갑이라도 채우실 겁니까?"

젊은 경찰이 총을 꺼낸 뒤 약실을 확인했다.

"딱 한 방이면 됩니다."

"재판 같은 건 없나요? 항변할 기회라든가?"

"이런 사건은 요식적인 절차를 거치지 않습니다. 물증이 남지 않으니까요."

젊은 경찰은 자주 듣는 질문인 듯 무심하게 장전을 하며 친절하게 답했다.

"듣고 보니 그렇군요."

나는 자리에서 일어나 입고 있던 면 티를 벗었다. 목이 늘어난, 잘 때 입는 낡은 옷이었지만 좋아하는 옷이었다.

"아프지 않을 겁니다. 살살 쏠 거니까."

"몸 안에 총알이 남으면 어쩌죠?"

"우린 전문가야. 오늘만 해도 열일곱 번짼데 모두 관통했어, 깔끔하게. 빨리 끝내자고."

늙은 경찰은 시계를 확인했다. 일요일 밤이었다. 어쩌면 이 시간까지 일해야 한다는 것 자체가 가장 큰 범죄이리라.

"이불을 펼치고 그 끝에 서세요. 보통은 바로 잠들거든요. 아프지 않다고 해도 꽤 충격이 있으니까요. 그래도 아침이면 괜찮을 겁니다. 다들 그렇거든요."

젊은 경찰은 총구로 내 가슴을 겨누며 이렇게 말했다. 나는 이불을 펼치고 그 끝에 섰다.

"이해하게. 우리 일이 이런 거야."

늙은 경찰의 등고선이 꿈틀거렸다. 그는 내 생각보다 좋은 사람일지도 모른다. 그저 피곤한 것뿐이리라.

"그러게요."

젊은 경찰이 노리쇠를 뒤로 당겼다. 법원의 망치 소리처럼 철컥, 노리쇠 뭉치가 걸렸다.

그것은 그녀가 떠나며 문을 닫았을 때 났던 소리와 비슷했다.

그녀는 칫솔을 남기고 떠났다. 나는 그것을 버리지 못했다. 칫솔은 하나의 유적이 되었다. 나는 일과가 끝나면 고고학자가 되어 새로운 유적을 찾아다녔다.

함께 살기 전 그녀와 주고받았던 손편지, 결로로 인해 피어버린 곰팡이 때문에 함께 도배했던 벽지, 책상 위 플라스틱 탁상 거울, 창가에 붙어 있는 함께 찍은 사진, 책상 밑에서 나온 꽃무늬가 그려진 짝 잃은 양말. 찾아보니 새로운 유적은 끊임없이 발굴되었다.

벽지에선 그녀가 피우곤 하던 양초 향기가 곰팡이 냄새를 뚫고 은은히 퍼졌고, 함께 갠 옷가지에선 그녀가 사 왔던 섬유 유연제 냄새가 났다. 그녀의 바디로션이 놓여 있던 화장실 타일에서는 그녀의 체취가 선명하게 느껴졌다. 그 향은 분명하다 못해 그녀를 볼 수 있을 지경이었다.

"이런다고 이별이 없었던 일이 되지는 않아."

"알아."

역광을 받은 그녀의 머리칼이 늦가을의 들풀처럼 황금색으로 빛났다. 내가 기억하는 것보다 그녀는 더 아름다웠다. 화장실 문이 끼이익 하며 높은 음을 냈다.

우리는 전처럼 지냈다. 아니. 전과는 달랐다. 그녀를 떠나게 했던 과묵함을 버리고, 나는 이야기를 했다. 찾아온 손님과 깎아야 했던 열쇠, 평소보다 진동이 심했던 밀링 머신, 누액된 윤활유와 품질 검수가 제대로 되지 않은 자물쇠, 그리고 읽었던 시집에 대해 이야기했다. 그녀는 내게 왜 계속 시를 쓰지 않느냐고 물었다.

"그러기엔 너무 좁아. 알잖아."

"읽을 수 있다면 쓸 수 있는 공간도 있는 거야."

시를 쓰던 시절이 있었다. 생계가 중요치 않다고 믿던 때였다. 그 믿음이 바뀌어 돈 때문에 예술을 포기했다면 좋았겠지만 실은 그렇지 못했다. 그저 재능이 없을 뿐이었다.

"실패의 기억을 떠올리기 싫은 거겠지."

"시에 실패가 있다고?"

"응."

"정말 그렇게 생각하는 거야?"

"그래. 열지 못하는 열쇠가 있는 것처럼 도저히 읽을 수 없는 시가 있어."

"그렇게 생각한다니 슬프네."

"그런 시밖에 쓰지 못하는 게 슬픈 거지."

"당신이 내게 보냈던 편지는 좋았는데."

조금은 어색했던, 아직 함께 살기 전의 일이었다. 그 무렵엔 하루하루가 목련처럼 피어났었다.

"그래도 결국 떠났잖아."

"뭐든 언젠가는 끝나는 법이야. 우린 그저 서로 끝나는 시기가 맞지 않았을 뿐이고."

"아직 끝나지 못한 마음은 이제 어떻게 되는 걸까?"

"아무것도 열지 못하는 열쇠 같은 거지. 그냥 남겨질 거야."

나는 서랍에 둔 열쇠를 떠올렸다. 세로 길이와 폭, 그리고 가로 홈만 같다면 열쇠는 자물쇠에 꽂힐 수 있다. 물론 그것이 열 수 있다는 의미는 아니다.

곱슬곱슬한 쇳조각을 털어내자 쇠막대가 남았다. 그것을 가슴에 꽂아보았다. 애초에 그 자리에 있었던 것처럼 딱 들어맞았다. 더는 바람 소리가 들리지 않았다. 앞섶을 여미고 쇳조각들을 치웠다. 밀링 머신에선 타버린 윤활유 냄새가 났다. 쪽창을 열어 환기를 했다. 그러고는 쇳조각들을 손으로 적당히 쓸어 담아 정리했다. 마음 끝이 심지처럼 타들어가던 날들이 떠올랐다.

그 심지의 빛이 너무 강해 잠들 수 없었다. 뒤척이는 동안 그녀가 말했다.

"그럴수록 더 잘 수 없을 거야."

"하지만……!"

나는 입을 다물었다. '도대체 왜'라는 말을 하고 싶었다. 그리고 알았다. 그 질문에 답 같은 건 없다는 걸. 그녀가 끝이라 말했을 때, 그 순간 그걸로 끝이었다.

어째서인지 사랑에도 끝은 있고 마음도 바뀌곤 하고, 결말에 원인이 있다 하더라도 그 답이 아무런 도움이 되지 않는 인과도 있는 법이다. 하지만 답할 필요 없는 그 물음은 내 안에서 점점 뜨거워져서 끝내는 붉게 타올랐다. 그 빛에 잠들 수 없었고, 불면은 다시 나를 서서히 갉아먹었다. 그동안 그녀는 곁에서 말없이 날 지켜볼 뿐이었다.

"자고 싶다."

"괜찮아지겠지."

"아니. 점점 나빠지고 있어."

그녀는 잠시 답이 없었다. 침묵 끝에 낮은 목소리로 말했다.

"날 죽여!"

그녀가 말했다.

"그게 가능하긴 해?"

"응."

"넌 기억이 만들어낸 그림자잖아. 내 추억."

"그러니 망각할 수 있어."

"어떻게?"

"그러니까 죽여야지."

하루의 고통을 잊기 위해 그저 그녀를 망상하고 그 허상에 말을 걸고 돌아올 답을 상상했다. 현실은 그저 내가 어두운 방의 그림자를 향해 독백하고 있을 뿐이었다. 그녀는 없다. 문들이 시를 노래하지 않는 것처럼.

"어떻게 죽일 수 있는데."

"답은 네가 더 잘 알잖아."

기억은 연상을 촉매로 반응하는 작용이다. 이미 박물관이 된 이 방에서 그녀가 남기고 간 유적들을 하나둘 지워가면 될 터였다.

"괜찮을까?"

"지금보단 낫지 않을까?"

"고통스러울까?"

"그럴 거야."

"어느 쪽이 더 괴로울까?"

그녀는 답하지 않았다. 하지만 답은 정해져 있었다. 이대로 살순 없었다.

"어떤 열쇠들은……"

"맞는 자물쇠가 없을 수도 있어."

그림자는 선언하듯 덧붙였다.

나는 유적 파괴범처럼 그녀의 흔적들을 지웠다. 마치 혁명의
이름을 건 반달리스트라도 된 기분이었다. 기대만큼 고통스럽지
는 않았다. 타오르는 심지에 찬물을 붓는 것처럼 싸한 순간들도
있었지만 그조차 찰나였다. 채 하루도 되지 못하는 노동 끝에 그
녀가 남긴 것들은 하나의 종량제 쓰레기봉투로 압축되었다. 함께
도배한 벽지가 없었다면 그마저 채우지 못했을 양이었다. 고통의
부피는 내가 상상했던 것보다 보잘것없었다. 부피뿐만 아니라 무
게 역시 그녀와 나 사이의 인연의 무게만큼이나 별 볼 일 없었다.
버려질 것보다 남겨진 것이 더 황망했다.

뜯겨나간 벽지 뒤로 검푸른 곰팡이들이 질병처럼 모습을 드러
냈다. 비루한 삶의 맨얼굴이란 곰팡이가 피어난 벽이다. 추했지만
상관없었다. 어차피 겨울이 오고 벽들이 눈물을 흘리면 다시 벽
지 위에 피어날 가난의 꽃이었으니까. 도배로 잊을 수 있을지 모
르지만 계절이 바뀌면 막을 수도, 가릴 수도 없었다.

"이걸로 널 죽일 수 있을까?"
"응. 기억들은 모두 매립지에 매장될 거야."
나는 시체가 담긴 바디백을 끌고 가는 것처럼 쓰레기봉투를

들고 밤거리로 나섰다.

개들이 짖었다. 동네의 비탈을 따라 전봇대의 가로등이 깜빡였다. 마을버스가 올라오는 비탈길로 나가자 언덕 아래 도심의 불빛이 보였다. 저 먼 도심의 빛 어딘가에 실재하는 그녀가 있을 터였다. 나는 그녀와의 추억을 쓰레기봉투들 사이에 얹었다. 그리고 스스로에게 되물었다.

열 수 없는 열쇠는 결국 버려야만 하는 걸까?

퇴근할 무렵 선배가 찾아왔다. 나는 문을 열고 몸을 끄집어냈다. 건물 주인이 서커스 같다고 했던 그 자세를 역순으로 되짚는 동안 선배는 건물 앞에서 담배를 피웠다.

"일은 좀 있었냐?"

"그냥 혼자 뭐 좀 했어요."

"그냥 뭐 좀 해서 먹고살겠어?"

불 끄기 전 마지막으로 본 작업실은 너무나 옹색해 점점 작아지는 것만 같았다.

문을 닫았다. 경첩은 끼이익 소리를 냈다. 그 소리가 더는 어떤 시로도 들리지 않았다. 이별이 이별인 것처럼 문은 문일 뿐이었다. 자물쇠를 잠그고 밖으로 나섰다. 가슴속 쇠막대가 철컥 소리를 냈지만 그서 내 망상일 뿐이었다.

우리는 너와집으로 갔다. 개똥을 밟지 않도록 조심하면서 낡은 슬레이트 지붕 사이를 오르면 길 끝에 푸른 방수포가 보였다. 너와집은 산비탈에 있는 옹벽에 리어카를 맞세우고 드럼통을 두른 후 방수포를 얹어 만든 술집이었다. 간판도 상호도 없었지만 다들 너와집이라고 불렀다. 하지만 진짜 너와는 없었다. 방수포 중간중간 바람에 날리는 걸 막기 위해 얹은 돌을 따라 흑갈색의 낙엽 썩은 물이 고여 있을 뿐이다. 문은 각목에 비닐을 씌워 만든 것이었다. 스프링 경첩이 있는 그 문은 바람이 불면 깃발처럼 펄럭였다. 때때로 밤에 보면 그것은 술꾼들을 부르는 손짓 같기도 했고 누군가의 흰 치마폭처럼도 보였다.

우리는 문을 열고 안으로 들어섰다. 천장이 너무 낮아 선배와 나는 모두 고개를 숙인 채 오금을 굽혀야 했다. 너와집의 앉은뱅이 주방에는 할머니가 졸고 있었다. 할머니의 얼굴에는 너무 긴 세월이 내려앉은 나머지, 그 미로 같은 주름 사이에 죽음조차 길을 잃어 어떤 불사나 영속의 존재가 된 것 같았다. 내가 열쇠 일을 배우기 전 이곳을 찾았을 때도, 학교를 그만두기 전 아직 학생이었을 때도, 할머니의 모습은 지금과 똑같았다.

"아, 왔나."

할머니가 자리에서 일어났다.

"여기 잔술 두 잔……"

"됐어. 내가 쏜다. 양미리랑 소주 한 병이요."

"무슨 일이에요?"

내 기억으로 선배와 이곳에 와서 안주를 시킨 적은 없었다. 우리는 늘 기본으로 주는 멸치에 고추장을 찍어 잔술로 마셨다. 그런 우리를 위해 할머니는 넘치기 직전까지 소주를 따라 주곤 했다.

"오늘 생일이다. ……내 생일."

왜 굳이 내 작업실까지 찾아와 술을 마시자고 했는지 알 것 같았다. 묻고 싶은 것은 많았지만 묻지 않았다. 물어도 밝은 답이 돌아오지 않으리라는 걸 알고 있었으니까. 이혼한 아내에게 연락은 왔는지, 아내가 키우는 아이는 아빠의 생일을 기억하는지, 아침에 미역국은 먹었는지, 그런 질문은 하지 않는 편이 좋다는 걸 이제는 알고 있다. 연탄불에 양미리가 몸을 뒤집는 동안 입안에 고이는 침을 삼키며 아무 의미도 없는 축하 인사를 건넸다.

"생일 축하해요."

우리는 건배를 했다. 철컥, 하고 가슴속에 있는 쇠뭉치가 부젓가락 소리를 냈다.

"술술 넘어가네."

양미리가 구워지는 냄새를 안주 삼아 잔을 연거푸 비웠다. 연기로 눈앞이 흐렸다. 양미리가 등을 놀릴 때마다 철컥, 철컥, 부젓가락은 잘도 뒤집는 소리를 냈다.

"공사가 있다."

선배는 기본 안주인 멸치 머리를 고추장에 푹 찍었다.

"아마 석 달? 그 정도 지방에 가 있을 거야."

하청의 하청, 그 하청의 하청으로 어떤 아파트 단지의 문짝 설치 작업을 맡게 된 모양이었다. 우리 같은 하루살이들에겐 그보다 좋은 소식이 없었다.

"양미리로는 너무 작은데요."

"양육비를 내야 해."

"아."

소리 없이 할머니가 나타났다. 놀라진 않았다. 시간에서 길을 잃을 수 있다면, 공간 어딘가에서도 갑자기 나타날 수 있으리라.

"한 마리 더 놨다. 서비스로다."

그 말대로 양미리는 홀수였다. 나는 한 마리를 집어 선배에게 내밀었다.

"선물이에요. 생일 선물."

"하. 계산은 내 돈으로 하는데 선물이라고?"

대답 대신 잔을 비웠다. 고개를 돌렸을 땐 어느새 할머니는 보이지 않았다.

타버린 생선 기름 냄새가 군침을 동하게 했다. 양미리 한 마리를 통째로 베어 물었다. 알이 입안에서 한가득 터져 나왔다. 어금니로 쏟아져나온 알들을 뭉개며 나는 어쩌면 태어났을지도 모를 그것들을 생각했다. 푸른 바다를 헤엄쳤을 그 등 푸른 무리들 말이다. 바다 대신 그저 내 입안에서 뱃속으로 흩어져가고 있었다. 다시 한번 부젓가락 뒤집히는 소리가 들렸다.

"칠칠맞게 질질 흘리고 먹긴."

선배의 핀잔에 고개를 숙여 셔츠를 확인했다. 모직 셔츠 위로 마시던 소주가 번져 나왔다. 그에겐 흘린 것으로 보였으리라. 나는 셔츠를 들어 안쪽을 확인했다. 숨을 쉴 때마다 쇠막대기 언저리를 따라 소주가 눈물처럼 방울방울 맺혔다. 미간을 찌푸렸다.

아아, 이럴 필요까지는 없지 않은가.

선배와 헤어지고 다시 작업실로 돌아왔다. 조금 취했고, 조금 화가 났던 것도 같다. 쇠막대기를 빼냈다. 그대로 두면 녹슬지 않을까, 그런 걱정도 됐다. 끄집어낸 쇠막대의 중간엔 양미리 알이 묻어 있었다. 나는 그것을 잘 닦아 책상에 내려놓았다. 쇠막대기의 차가운 금속음이 가늘게 울렸다. 그 소리에 무언가 떠올랐다. 서랍을 열었다. 그 안에서 이곳에 와 처음 깎았던 열쇠를 찾아냈다. 그 어디에도 맞지 않는 바로 그 열쇠 말이다. 어쩐지 열쇠의 길이가 석낭해 보였다. 그것을 구멍 난 가슴에 집어넣었다. 열쇠는

쑥 들어갔다. 그것을 돌렸다. 하지만 그뿐이었다. 마치 빈 구멍에 넣고 돌리는 것처럼 그저 헛돌 뿐이었다. 이것은 아무것도 열 수 없는 열쇠였고 이 순간 그 목적에 충실했다.

하지만 내게는 기술이 있었다. 시 쓰는 법 대신 배웠던 자물쇠 여는 법 말이다. 다음 칸 서랍에서 락픽을 꺼냈다. 구부러진 철사와 쇠막대기로 이뤄진 이 도구는 열쇠 없이도 자물쇠를 열 수 있었다. 구멍 속으로 락픽을 집어넣었다. 가슴속에서 느껴지는 바닥 핀의 촉감이 손잡이로 전해졌다. 나는 첫 번째 실린더를 밀어올렸다. 드라이버 핀이 실린더 플러그와 일치되는 느낌이 들었다. 그리고 같은 방식으로 두 번째, 세 번째, 네 번째, 다섯 번째 바닥 핀을 모두 들어올렸다.

철컥.

흉골이 열리는 소리는 생각보다 작았다. 흉골이 늑골과 이어지는 부위에서 났던 뚜뚝 하는 소리가 전부였다. 부러지는 그 소리는 이성복의 시를 떠올리게 했다. 고개를 숙여 나는 안에 있는 것들을 확인했다. 생각보다 많은, 온갖 것들이 그 안에 있었다.

그곳에는 뜯어낸 벽지와 깨진 거울, 부러진 연필과 잃어버린 장난감, 그리고 구멍 난 냄비가 있었다.

그곳에는 먹다 남은 닭 뼈, 말라붙은 밥풀과 불어터진 면발, 그리고 양미리 알이 있었다.

그곳에는 읽다 만 소설, 구겨버린 고지서와 말려버린 딱지, 그리고 타버린 사진이 있었다.

그곳에는 쪼개진 지우개, 쓰다 만 선크림과 누액된 건전지, 그리고 깨진 전구가 있었다.

그곳에는 책상 아래로 사라진 볼펜들, 뜯겨져나간 이름표와 버려진 계급장, 그리고 세절된 계약서들이 있었다.

그곳에는 끝내 부치지 못한 편지, 쓰다 만 일기들과 취소된 계획표, 그리고 지키지 못한 일과표들이 있었다.

그곳에는 잡을 수 없던 손, 생생했으나 느껴지지 않는 촉감과 따뜻했지만 식어버린 체온, 그리고 귓가를 간지럽혔던 숨결이 있었다.

그곳에는 한때 사랑받았으나 지금은 잊힌 것들, 혀끝에 맴돌았으나 말해지지 않은 단어들, 꿈에서 깨어났을 때는 기억했으나 이내 망각해버린 무언가, 그리고 쓰였으나 읽힐 수 없었던 사멸한 시어들이 있었다.

나는 그 안에 아무것도 열 수 없는 열쇠를 넣었다. 열쇠는 비로소 제자리를 찾은 것 같았다. 모든 것이 완벽하게 느껴졌다. 흉골을 닫았다. 더는 바람 소리가 들리지 않았다.

나는 집으로 돌아갔다. 도시는 먼빛으로 반짝였고, 바람은 등 뒤에서 불었다. 문들은 침묵했고 집은 어느 때보다 고요했다. 세계엔 오직 나만 남은 것 같았다. 자리에 누웠다. 어디선가 희미한 화약 냄새가 났다.

눈을 감았다. 잠을 잘 수 있었다. 꿈조차 꾸지 않을 만큼 깊은, 죽음만큼 고요한 잠이었다.

인류 낚시 통신

내가 태어나던 1970년 7월 12일 일요일, 아버지는 교회에서 예배를 보고 있었다. 집사였던 아버지는 일요일이면 어김없이 교회에 나갔다. 만삭인 어머니가 산통을 시작했지만 아버지는 절대 예배에 빠질 수 없다고 선언했다. 그리하여 그날 칠월의 무더위 속에서 어머니는 땀을 뻘뻘 흘리며 혼자서 나를 낳았던 것이다.

　그날 목사님은 이런 구절을 읽었다고 했다. '말씀하시되 나를 따라오라. 내가 너희를 사람을 낚는 어부가 되게 하리라 하시니.' 아버지는 병원으로 찾아와 강보에 싸인 나를 내려다보고 말했다.

　이놈이 크면 함께 교회에 가야지.

　나는 그 소리에 잠이 깨 마구 울어대기 시작했다.

　나는 속성 재배하는 숙주처럼 쑥쑥 자라 일요일이면 아버지를 따라 교회를 다니곤 했다. 사람 낚는 어부가 되라고 예수님이 말씀하셨다고 성경 공부 시간에 배우긴 했지만 정작 배우고 싶어했던 이성을 낚는 방법 따위는 배우지 못했다. 주말 저녁이면 노방 전도를 한다고 거리에 나가 찬송가를 부르는 정도가 그곳에서 배운 사람을 낚는 법이었다.

결국 공부를 핑계로 교회 따위는 그만두고 일요일이면 친구들과 놀러 다녔다. 군에 입대해 다시 초코파이를 먹기 위해 교회에 다녔던 시절을 제외하고는 다시 그곳에 돌아가지 않았다.

그들이 내게 첫 번째 통신을 보내온 것은 일요일의 늦은 밤이었다.

그것은 내가 살고 있는 주상복합 빌딩의 1층 우편함 속에 들어 있었다. 가을비가 부슬부슬 내리는 저녁. 나는 집 앞 PC방에서 낚시질을 하고 있던 참이었다. 낚시질이란 인터넷 게시판에 '톱여배우의 노출 동영상' 따위의 클릭을 유도하는 게시물 제목을 단 글을 올리고, 본문에 달랑 물고기를 낚는 짤림 방지 사진 따위를 올리는 일을 말한다. 그런 글을 올리면 당연히 사람들은 댓글에 욕을 달기 마련이었지만 딱히 할 일이 없었던 내게 그것은 거의 유일한 오락이었다. 뻔한 글에 혹해서 들어오는 사람들을 보는 일도, 들어와서 발끈하는 그들을 보는 일도 마치 내가 대단한 존재가 된 듯한 착각을 불러일으켰다. 그렇게 쓸데없는 짓을 하며 시간을 죽이고 돌아가는 길. 우편함에서 꽂혀 있는 흰색 청첩장 봉투를 발견했던 것이다.

'인류 낚시 통신'. 겉봉 좌상귀에는 프린트된 글씨로 이같이 쓰여 있었다. 그 외에 주소나 받는 사람의 이름 따위는 없었다. 편지를 잘 보내지 않는 시절이므로 나는 그것이 당연히 광고지이리라 생각했다.

금융 위기로 투자사에서 잘린 후 백수가 되지 않았다면 바로 쓰레기통으로 직행했을 봉투였다. 하지만 집에 가봐야 달리 할 일이 없었으므로 광고지라도 읽어보자는 심정으로 봉투를 주머니에 넣었다. 현관 천장에서는 CCTV 카메라가 이십사 시간 꺼지지 않으며 내 행동을 감시하고 있었다.

나는 우선 담배 냄새에 절은 옷을 벗어 세탁기에 던져 넣은 다음 전자레인지에 편의점 도시락을 돌렸다. 그리고 컴퓨터를 켜 내 페이스북과 트위터를 확인했다. 회사에서 잘린 한가한 백수 따위에게 관심이 있는 인간은 어디에도 없었다. 예전에 가까운 척했던, 혹은 가까웠다고 믿었던 사람들은 모두 잘 지내는 것 같았다. 상황이 이렇게 된 마당에 연락조차 하지 않는 그들이 원망스럽기도 했지만, 동시에 어떤 안도감을 느끼기도 했다. 정말 그들이 연락해오면 얼굴을 마주 보며 할 말도 없었던 것이다. 이혼한 아내의 페이스북에는 애인이 추가되어 있었다. 그녀의 애인의 페이스북은 친구 공개로 되어 있었기에 어떤 인물인지 확인할 수 없었다. 오직 나보다 잘생긴 프로필 사진만 볼 수 있을 뿐이었다. 나는 반사적으로 컴퓨터를 껐다.

컴퓨터를 끄자 할 일이 없었다. 그래서 방에서 뒹굴거리며 핸드폰에 있는 음악들을 확인했다. 다운로드한 음악들 중 지금 내 상태를 표현해줄 것은 없었다. 물론 우울함이나 외로움을 그럴 듯하게 채색해줄 음악들이 없지만은 않았다. 하지만 이혼한 남자가 전처의 새로운 애인의 페이스북을 본 후 느끼는 거지 같은 심경을 적절하게 표현해줄 음악은 없었다. 알 수 없는 일이었다. 결혼한 부부의 삼분의 일이 이혼하는 시대에 그런 시장을 공략하지 않는 대중음악계의 무신경함을 믿을 수 없었다. 하긴 음악 따위 마음만 먹으면 공짜로 다운받는 시대였다. 벨소리로 쓸 수 없는 음악 따위는 전혀 팔리지 않았다. 이혼 남녀의 감성을 표현한 노래를 착신음으로 쓸 인간은 어디에도 없는 것이다. 위로조차 시장이 되지 않으면 사장되는 세상이었다.

그렇게 휴대폰을 만지작거리고 있는데 갑자기 귀여운 아이돌들이 노래하기 시작했다. 벨소리로 설정해둔 여자 아이돌 그룹의 노랫소리였다. 나는 잠시 멍하니 전화기를 내려다보았다. 착신음 때문만은 아니었다. 회사에서 잘린 후, 지난 두 달간 전화가 걸려

온 일은 없었기 때문이다.

한데 내가 여보세요, 하고 난 다음에도 상대방은 꽤 긴 사이 아무런 대꾸가 없었다. 역시나 중국에서 걸려온 피싱 전화인가 싶어 통화 종료를 누르려 할 때서야 아득한 액정 화면 저쪽에서 저…… 하는 소리가 가늘게 전해져왔다. 당연히 이어 나올 연변 말투를 기대하며 슬그머니 수화기를 귀에 갖다 대고 가족의 납치와 우체국, 은행 중 어느 피싱 메시지를 전해줄 것인지를 집요하게 기다렸다. 두 달간 백수로 지내면 일상을 벗어난 모든 사건이 모험으로 느껴지기 마련이다. 약 십 초의 시간이 흐르는 동안 혹시 이미 국제전화 사기에 걸려든 것이 아닌가 싶어 끊으려 할 때서야 웬 낯선 여자의 표준어 말투가 툭 튀어나왔다.

"나이에 걸맞지 않게 착신 대기음이 여자 아이돌 노래군요."

"……"

달리 할 말이 없었다. 잘 나가던 펀드 매니저로 지내다 실직과 이혼의 원투 펀치를 맞은 후, 나는 자신에게 좀 더 솔직해지기로 결심했었다. 물론 한 달 동안 아무에게도 전화가 오지 않았기에 어차피 듣는 사람도 없을 거란 심정으로 유일한 위안이던 우리 애기들이 음원 차트에서 1위 하는 걸 돕기 위해 벨소리를 바꿔놓았었다. 그러므로 수화기 너머, 그녀의 지적은 갑작스런 불의의 습격이나 다름없었다.

"심야 전화라서 놀라신 모양이네요. 용건을 말씀드리자면……"

수화기 너머의 목소리는 정말 경멸스럽다는 말투였다.

"저희 인류 낚시 모임에서 보내드린 우편물은 받아보셨는지요."

"인류 낚시 모임이요?"

이렇게 반문하자 그녀는 한심하다는 듯 한숨을 쉬었다.

나보다 나이가 몇 살 더 많을까? 전처가 떠올랐다. 그녀는 나와 이야기를 하면 늘 저런 식으로 한숨을 쉬곤 했다. 그녀가 나긋나긋했던 날은 오직 보너스가 입금된 날뿐이었다. 그래서 난 카드를 들고 룸살롱에 놀러 갔던 것이다. 그녀들은 저런 한숨을 쉬지 않았으니까. 나는 광고지라고 생각하고 뜯어보지 않았던 흰색 봉투를 집어 들고 그녀에게 물었다.

"이건 무슨 새로운 광고 기법인가요? 마치 피싱 전화처럼 신선하네요."

"저희 인류 낚시 모임에서 선생님께 보내는 초대장입니다."

나는 고개를 갸웃거렸다. 요즘 세상에 우편물로 초대장을 보내는 낚시 모임이라니. 청첩장을 빼고는 사적인 우편물이라는 걸 받아본 게 몇 년 만인지 기억조차 나질 않았다. 게다가 나로 말하자면 인터넷 게시판에서 소일거리로 하는 낚시질을 빼면 낚싯대조차 잡아본 일이 없는 사람이었던 것이다.

"학생회 시절 강의농에서 하던 학회 기억하시죠? 그때 멤버들이 마지막으로 헤어지며 약속했던 그 모임을 다시 만들었습니다. 우편물을 보시면 아시겠지만 아무튼 선생님을 저희 모임에 모시고 싶습니다."

"글쎄, 뭐 어쨌든 읽어보기는 하죠."

"안에 지정된 장소와 시간이 적혀 있으니 아무쪼록 그날 참석해주시면 감사하겠습니다. 그럼 이만 끊겠습니다. 참, 착신 대기음은 나이에 맞는 걸로 좀 바꾸시죠."

나잇살이나 먹고 뭐하는 짓이냐는 듯, 그녀는 내가 뭐라고 하기도 전에 이렇게 호들갑을 떨며 냉큼 전화를 끊어버렸다. 사실 스스로 생각해도 한심하긴 했지만 자신의 한심함을 남의 입을 통해 듣는 일이 전혀 달갑지 않았다. 하지만 참았다. 두 달 만에 걸려온, 이미 끊어버린 전화라면 그래, 참을 도리밖에.

아무튼 나는 문제의 그 봉투를 뜯어보지 않을 수가 없었다. 책상 서랍에서 가위를 꺼내들고 나는 침착하게 봉투의 가장자리를 오려내고 안에 들어 있는 내용물을 꺼내보았다.

그것은 성화를 복제 인쇄해서 만든 한 장의 엽서였다. 앞면의 성화를 살펴보니 뜻밖에도 그것은 두초의 〈베드로와 안드레아의 부르심〉이란 작품이었다. 어디서 이런 성화 엽서를 구했는지 모르겠으나 아무튼 반갑기도 하고 놀랍기도 했다. 아버지는 매해 교회에서 달력을 받아오셨는데 그곳에 실려 있던 그림들 중 하나였다. 하고 많은 달력 그림들 중 유난히 이 그림을 기억하고 있는 이유는 생일이 있는 달이기 때문이었다. 아버지는 내가 태어나던 날 들었던 목사님의 말씀과 함께 이 그림에 대해서 자세히 설명해줬었다. 나는 휘적휘적 소파로 돌아가 앉으며 나도 모르게 이렇게 중얼거렸다.

사람을 낚는다는 말이지……. 그래. 그런데 생뚱맞게 우편이라니 잘못 온 게 틀림없군.

아나나 다를까. 엽서 뒷면에 촘촘히 박혀 있는 글자들을 읽어가는 동안 나는 서서히 잘못 온 엽서라는 확신을 갖기 시작했다. 급기야는 황당하다 못해 께름칙한 기분에 빠져버리고 말았다.

말하자면 88년 귀하가 속해 있던 학회, '민중민족역사학회'의 일원 중 한 사람으로서 귀하를 우리 모임에 참석시키기로 결정했습니다. 귀하는 당시 학회에서 민주주의와 군사독재 타도를 위해 투쟁하신 경험이 있을 겁니다. 우리가 누구인지는 이 엽서를 보신 귀하께서 짐작하실 일이고 또 지금 저희들로선 밝힐 수가 없습니다. 만일에 그 시절, 우리가 나눴던 이상을 기억하시고 더불어 만나고 싶으시다면 아래에 적힌 날짜와 시간에 지정된 장소로 나오시기 바랍니다. 한 가지 넛붙여 말씀드리자면, 저희는 사명을 실행하는 방식으로 활동하고 있는 익명의 비밀결사입니다. 귀하가 최근 정계에서 활약하고 있는 활약상을 듣지 못했다면 우리는 당신을 초청할 생각을 하지 못했을 겁니다. 젊은 시절 꿈이었던 저희 이상의 실현을 위해 우리의 계획에 귀하가 동참해주시면 더 없는 기쁨이 되겠습니다. 그렇지 않더라도, 나중에 아시게 되겠지만 귀하와 우리는 진작부터 밀접하게 연결돼 있는 관계라는 점을 마지막으로 말씀드리고 싶습니다. 아래 9월 셋째 주 토요일 18:00 광화문역 지하로 세 번째 '관계자 외 출입금지' 문.

추신: 이것은 비밀 통신이므로 소각하여주시기 바랍니다.

나는 내가 들고 있는 엽서를 이물처럼 내려다보며 거푸 코를 팠다. 하루 종일 모니터를 보며 뺄글을 쓰다 날랐으므로 둔한 두통이 계속되고 있었다. 나는 한 번 더 엽서를 주의 깊게 읽어본 다음 코딱지를 둥글게 말아 튕겼다. 누가 이런 소환장 같은 엽서를 잘못 보낸 것일까. 셋째 주 토요일이면 이번 주를 말함이 아닌가. 또 광화문역 지하로의 세 번째 '관계자 외 출입금지' 문은 또 뭐란 말인가. 나는 소파에 길게 드러누워 〈베드로와 안드레아의 부르심〉을 바라보았다. 이 엽서 자체가 하나의 낚시질은 아닐까?

그들이 찾고 있는 사람은 동명이인의 학교 선배가 틀림없었다.

내가 1학년이던 시절 법학과 4학년 학생회에 동명이인의 선배가 있었다. 남자답고 멋질 뿐 아니라 진보적인 사상에 투쟁적이기까지 했던 선배는 당시 여학생들에게 무척이나 인기가 있었다. 따라서 투쟁에 불타오르는 여학우들이 은근슬쩍 흠모의 마음을 담은 편지를 보내곤 했었다. 하지만 학내 우체국은 꽤나 형편없었으므로 나에게 잘못 전달된 적이 많았다. 내 이름으로 온, 은근히 달달한 편지들을 읽는 기분이 나쁘지만은 않았다. 하지만 집으로까지 편지들이 잘못 배달되기 시작하자 점점 불편해지기 시작했다. 특히나 모르는 편이 좋은 내용들까지 실려 있는 편지들이 간헐적으로 배달되면서 결국 우체국에 찾아가 항의한 적도 있었다. 하지만 학내 우체국에서는 보내는 사람들이 착각한 것이므로 어쩔 수 없다고 항변했다. 받는 사람의 이름대로 보내줬으니 자신들은 상관없다나. 아무려나.

시간이 갈수록 엽서에 대한 생각은 희미해져 소파에 누운 채 그대로 잠들어버렸다. 들고 있던 엽서 위로 침이 줄줄 흐르는 것도 모를 정도로 푹 잠들었다.

어느 날 '인류 낚시 모임'이라는 괴상한 명칭의 익명의 비밀결사로부터 난데없이 배달된 〈베드로와 안드레아의 부르심〉. 내가 그들과 밀섭하게 연결된 관계라니. 착각도 유분수지. 엽서 하나 제대로 배달하지 못하는 비밀결사의 한심함이 놀라울 지경이었다.

새벽 두 시쯤 됐을까. 나는 몽유병 환자처럼 소파에서 일어나 추위에 부르르 떨며 침에 젖은 엽서를 집어 들었다.

동명이인의 선배와 얽혔던 좋지 않은 기억이 떠올랐다. 이제는 너무나 희미해 흔적도 남지 않은 굴욕감 말이다.

오래전 어느 날 그는 나를 쓰레기 대학생이라고 부른 적이 있었다. 세상에 아직도 그와 나를 착각하는 사람이 어딘가에 존재하고 있다니!

벌써 이십 년 전 일이다. 그 시절 알던 사람들과는 이제 거의 만나지 않는다. 아무튼 그해 가을, 나와 이름이 같은 선배는 내 앞에서 영화의 한 장면처럼 우뚝 서서 손가락으로 날 가리키며 '쓰레기'라고 말했었다. 영화의 한 장면이란 표현을 쓸 수밖에 없는 것은, 그것이 실제로 하나의 연기였기 때문이다. 사실 그는 겉과 속이 매우 다른 사람이었다. 잘못 온 편지 속에서 유추해볼 수 있는 그의 모습은 사실 정의감 넘치는 학생회장과는 한참이나 거리가 있었다. 다양한 과의 실로 다양한 여성들과 다채로운 만남을 유지하고 있던 그는 사실 내게 약간은 부러운 존재였다. 물론 사생활과 이상은 무관한 문제인지도 모르겠다. 하지만 정확히 십 년 후 그는 자신이 경멸하던 사람들의 일원이 됨으로써, 그 시절 내게 했던 모든 말이 일종의 연기였다는 걸 제대로 증명했다. 그는 이른바 사회 저명인사가 되어 그 시절 학생들에게 외치던 똑같은 목소리로 TV에 나와 정반대의 가치관을 피력했다. 그를 알던 동기나 선후배들은 그를 변절자라 불렀지만 내가 보기에 그는 시종 일관된 삶을 살아온 것처럼 보였다. 지금은 그저 위선의 가면을 벗었을 뿐.

대학교수 아버지를 뒀다는 그는 들리는 소문에 따르면 초등학교 시절부터 단 한 번의 학생회장 자리도 놓치지 않았다고 한다. 그리고 이른바 교육자 집안 출신답게 항상 바른 말투와 바른 태도를 뽐냈다.

당시 복학생이던 그는 나보다 나이가 일곱 살이나 많았다. 틈만 나면 수배가 떴다 풀렸다 했으므로 동에 번쩍 서에 번쩍 했고, 때문에 그에게 갈 편지들은 늘 학교에 착실히 나왔던 내게 올 수밖에 없었다. 편지만이 아니었다. 심지어 교양 수업을 듣고 있던 중에 그를 찾는 형사들이 나에게 온 적도 몇 번이나 있었다. 대부분의 경우 주민등록증을 보여주는 것으로 무난히 해결됐지만 한번은 젊은 형사가 신분증을 위조했다고 우기는 바람에 경찰서까지 끌려갔다 온 적도 있었다. 사실 그는 내게 민폐 그 자체였던 것이다.

그리고 그해 가을 법학과 전체 엠티가 있었다. 당시 같은 과에 좋아하는 여자아이가 있었기에 참여하기로 했지만 썩 내키는 일은 아니었다. 여름에 전대협에서 임수경 씨가 세계청년학생 축전에 참가하는 일이 있었고, 평민당 김대중 총재는 서경원 의원의 밀입국 사건으로 구인되고, 중대 안성 캠퍼스 총학생회장의 변사체가 발견되는 등 가을 학기가 시작되기 전부터 학내 열기는 후끈 달아 있었다. 아나나 다를까 개강과 동시에 매주 집회와 시위가 있었고, 학교 수업은 거의 정상적으로 진행되지 않았다. 수업을 하고 있으면 과 대표가 뛰어 들어와 "지금 민주주의가 위기에 빠졌는데 너희가 이럴 때냐"라고 호통을 쳤고, 그러면 학생들이 우르르 빠져나가 결국 수업은 휴강해야 했다. 누가 뭐라 해도 판검사가 되어 떵떵거리며 살고 싶었던 내게 제대로 된 수업을 들을 수 없다는 건 크나큰 문제였다.

학생들은 노태우 물러가라, 노태우는 군사독재다, 노태우는 죽어라, 등의 구호를 외쳤지만 사실 어찌 됐건 국민투표로 당선된 인물이었고, 그의 당선의 일등 공신은 다름 아닌 민주진영의 분열이었다. 선거가 조작이라느니 원천 무효라느니 독재라느니 하는 집회들의 구호는 내가 보기에 애들 투정이나 다름없었다.

따라서 나는 집회에 나가지도 않았고, 수업도 제대로 하지 않는 학교에 불만이 많았다. 꿋꿋하게 수업을 하는 교수들이 없지 않았지만 그들은 다른 학생들로부터 어용이니, 꼴통이니 하는 수모를 당해야 했다. 결국 이 무렵에 나는 슬슬 해외로 유학을 가야 하는 것이 아닌가 진지하게 고민하기 시작했다. 그해부터 시작된 해외여행 자율화로 유학의 길이 예전처럼 좁지도 않았고, 아버지도 진지하게 미국으로 나가 회계 쪽을 공부하고 돌아오는 게 어떠냐고 권유했기 때문이다. 당시 은행에서 일하고 있었던 아버지는 점차 주식시장이 커지며 투자 쪽 전문가의 수요가 폭증하리라 예상하고 있었고, 데모질이나 하는 학교는 때려치우고 미국으로 건너가라고 말했다.

미국이라는 사회에 대한 동경도 없지 않았고, 휴강하는 날이면 수업도 제대로 진행되지 않는 학교에 남아서 어물쩍거리다가 사법고시도 망치고 나이 먹어 군대에 끌려가는 최악의 상황이 눈앞에서 아른거렸다.

하여간 이런 복잡한 심경으로 나는 용문산에서 있었던 법학과 전체 엠티를 따라 나섰던 것이다. 물론 지금은 이름조차 기억나지 않는 어떤 여자아이 때문에.

처음 도착하고 여인숙과 여관의 경계가 모호한 숙소의 크고 휑한 방에 짐을 풀고 나자 족구니, 축구니 하는 운동을 시작했다. 고3 내내 책상머리에만 앉아 있었던 데다가 대학에 들어와서도 도서관 밖을 벗어난 일이 없었던 탓에 몸이 생각처럼 움직이지 않았지만, 몇 번 뛰다 보니 예전처럼 제법 잘 달릴 수 있는 자신을 발견하고 선선한 기분이 들었다. 이때까지만 해도 여자아이와 어찌 되건 간에 엠티에 온 것은 잘한 것 같다는 생각이 들었다. 사실 대학에서 너도나도 운동을 하고 있었지만 진정한 스포츠를 즐길 기회는 거의 없었던 것이다. 하지만 동기들과 2학년 선배들과 운동을 하는 사이 속속 3, 4학년 선배들이 도착했고, 저녁을 먹은 이후 숙소 옆 마을 회관 같은 생경한 장소 지하에 모여 시국에 대한 세미나와 무슨 문화 활동이라 불리는 투쟁가와 율동을 배우는 시간이 시작되면서부터, 점점 앞으로의 2박 3일간에 뭔가 잘못될 것 같다는 예감이 들기 시작했다.

예상은 한 치도 어긋나지 않았다. 그날 저녁에는 3학년 선배들이 1, 2학년들이 짜놓은 조에 들어와 평가와 반성이란 이름의 조별 친목 시간을 가지며 거의 일대일로 한바탕 시국과 역사와 민족과 사상과 정치에 대한 열변을 토사물처럼 쏟아내었다. 저녁 내내 들이킨 소주와 선배들의 설교와 선동, 연설 사이를 오가는 말들이 뒤섞여 내가 토한 것인지 그들이 토해낸 것인지 알 수 없는 토사물들이 숙소 마당 주변에 지뢰밭처럼 널렸고, 여기저기서 균형감을 상실한 영혼들이 널브러지기 시작했다.

일련의 행사들이 진행되는 동안 그들의 좋은 의도와 정의감은 잘 알 수 있었다. 하지만 그들이 무슨 권리로 내 삶의 방향을 결정하려 하는지 이해할 수 없었다. 약자를 위하고 민주를 위하고 정의를 위하는 빛나는 삶. 멋지고 훌륭했다. 원한다면 언제든지 박수를 쳐줄 수 있었다. 하지만 왜 그것을 아무것도 모르는 우리, 대학교 1, 2학년생들을 모아놓고 강요하는 것인지 납득할 수 없었다. 그들이 말하는 문제를 해결할 사람들은 지금 이 자리에 있는 사람들이 아닌, 그들의 아버지, 그들의 삼촌, 그들의 형이었다. 따라서 그들은 우릴 붙잡고 일장 연설을 할 것이 아니라 각자 집에 돌아가 그들의 부모를 설득해야 했다. 이건 아무것도 모르는 애들을 데려다가 피라미드를 만드는 것과 다를 바 없었다. 나는 이 거대한 탁상공론이 이해되지 않았으며, 마음에 들지도 않았다.

물론 그런 반감에 불을 붙였던 것은 이 원치도 않는 엠티에 따라오게 만들었던 동기이자 원인이었던 여자아이가 느지막이 나타난 복학생 선배에게 반해 지난밤 사라졌다는 것도 크게 한몫했다. 그들은 아침나절 아무 일도 없었다는 듯, 용문사 은행나무를 보고 왔다고 나타났지만, 그녀가 새벽 세 시에 이미 그 선배와 단 둘이 사라졌다는 것은 숙소 전체를 뒤지며 확실히 확인했던 바였다. 무슨 일이 있었던 것인지 생각하고 싶지도 않았지만 어쨌든 돌아온 그녀는 열렬한 투사가 되어 있었다. 차라리 당시 내가 놀러 가던 클럽의 여자아이들처럼 원나잇 스탠드를 한 것이라면 쿨하게 넘어가줄 수도 있었다. 하지만 투사라니. 피라미드 판매에 빠진 신규 회원과 다를 바 없지 않은가.

그리고 그날 저녁 그가 나타났다. 나와 동명이인인 그는 정말이지 번개처럼 나타났다. 일군의 형사들이 그를 찾아 이미 한차례 날 만나고 갔으므로, 나는 그가 수배 중이라는 걸 잘 알고 있었다.

실제로 그가 나타나기 직전까지 엠티를 하는 우리 주변을 사복형사들이 얼쩡거리고 있었다. 솔직히 그들의 모습은 한심하기 그지없었는데, 엠티 온 대학생들만 북적거리는 용문산 자락에서 중년 남자 두셋이 흰 운동화를 신고 점퍼 쪼가리를 입은 채 한낮에 어슬렁거리는 모습은 누가 봐도 영락없는 사복경찰이었다. 어쨌거나 해가 지고 그들이 떠나고 나자 나와 이름이 같은 학생회장이 나타났다. 그가 등장했다는 사실만으로도 학생들 전체가 술렁거렸다. 그렇다. 그 무렵 학생회장은 마치 어둠의 히어로와 록스타를 합쳐놓은 전설이었던 것이다.

어쨌거나 너무나도 당연히, 혹은 불행하게도, 바람처럼 나타난 그는 역시나 지난밤 선배들이 했던 일을 반복했다. 하지만 아무도 지루해하지 않았다. 그는 훨씬 은근하고 부드러운 동시에 설득력 있는 목소리로 어린양들을 교화시키고 있었다. 학과의 특성에 맞게 헌법과 그것에 담겨 있는 법 정신, 그리고 민주주의에 대한 그의 말은 무척이나 감동적이었다. 나조차 어린 시절 교회에 다니지 않았더라면 껌뻑 넘어갔을 정도로 그의 연설은 꿀을 바른 듯 달콤했다. 유감스럽게도, 혹은 다행스럽게도 나는 아버지 탓에 지겹게 교회에 다녔었고, 사람을 낚는 은근한 화술에 대해서는 겪을 만큼 겪어봤었다. 자기 자식에게 교회를 물려주고 헌금 횡령으로 소송에 휘말렸던 교회의 담임 목사님도 그처럼 설교했었다. 심지어 한술 더 떠서 설교를 들으며 우는 아줌마들도 적지 않았다. 목사님과 비교하면 그의 연설은 정말이지 아이들 장난이나 다름없었다. 더구나 그의 사생활은 이미 내가 파악하고 있지 않은가.

한차례의 폭풍 같은 연설이 끝나자 질문이 있으면 손을 들라고 했다. 어렸던 나는 쓸데없는 공명심에 사로잡혀 있었다. 그의 정체를 학생들 전체에게 까발리고 싶었다. 또한 뜬금없이 민족, 민주 타령을 하는 여자아이를 정신 차리게 할 수 있는 마지막 기회라 판단했다.

"방금 하신 말씀은 잘 알겠습니다. 하지만 대학생들이 모여서 뭘 바꿀 수 있다고 그런 소릴 하시죠? 또한 민주, 민주화에 대해 말씀하시면서 왜 자신의 삶을 살겠다고 결정한 사람들을 그토록 비난하시는 거죠?"

그는 아주 천천히, 믿을 수 없다는 표정을 지었다. 너무나 연극

적이고 과장된 표정이었기에 웃음이 나올 뻔했지만 그런 생각을 하는 사람은 나뿐인 것 같았다.

"자네처럼 쓰레기 같은 생각을 하는 대학생이 있으니까 나라가 이 모양인 거야. 시국이 지금 어느 때인데 그런 막말을 하나. 자네가 그런 헛소리를 하는 사이에도 민중들은 독재자의 압제에 신음하고 있다는 걸 자각하길 바라네."

그는 손가락으로 날 가리키며 이렇게 말했다. 사람들의 눈빛이 싸늘하게 변했다. 그녀 역시 나를 한심하다는 표정으로 바라보았다. 할 말은 많았다. 하지만 무언가 말을 할수록 상황이 나빠지리라는 건 불을 보듯 뻔했다. 그의 사적인 비밀들을 이 자리에서 밝힐 수도 있었다. 하지만 침묵하기로 했다. 뭘 말해도 통하지 않을 것이었다. 그는 사람을 낚는 어부였고, 나를 제외한 모든 사람들은 이미 퍼덕거리고 있었다.

모두가 행복하고, 민중이 주인이고, 아무도 고통받지 않는 하나 되는 삶에 대한 약속. 그리고 그 지상천국을 이루는 데 당신이 한몫할 수 있다는 미래. 그것은 나 한 사람이 어쩐다고 해서 막을 수 있을 것이 아니었다. 그것은 이미 운동이 아니라 종교와 다름없었다.

그 엠티 이후로 나는 학교에서 경멸 혹은 교화의 대상으로 자리 잡았다. 누군가는 나를 경멸했고, 또 누군가는 나를 무시했으며, 누군가는 날 교화하려 했다.

"무서운 사람."

과 엠티를 따라가게 만들었던 그녀는 내게 이렇게 말했다. 이해할 수 없었다. 나는 내가 보편타당한 정서와 사고를 지녔다고 생각했었다. 그런 내게 다들 다른 무언가가 되라고 강요하고 있었다. 결국 나는 이듬해 미국으로 떠나버렸다.

미국에서 나는 CPA에 합격했고, 한 투자사에 자리 잡았다. 그 동안 한국에도 많은 변화가 있었다. 때때로 여전히 한국에 남아 있던 고등학교 동창들을 통해서 내가 그만두었던 대학의 소식을 들었는데, 어느 날 갑자기 그가 한국의 한 정당에 소속된 국회의원의 보좌관이 되었다는 이야기를 스쳐 지나가듯 들었다. 그가 모시던 국회의원은 3당 합당의 시기에 자연스럽게 여당의 일원이 되었고, 그 역시 몇 년 뒤 선거에서 예전의 그가 독재의 하수인이라 부르짖던 사람들의 지원사격을 받으며 화려하게 국회의원이 되었다는 소식도 들었다. 여당의 젊은 기수라 불리는 그의 등장을 보고 동기와 선후배들은 배신감에 치를 떨었다. 나로서는 이해할 수 없었다. 그는 애초에 그런 사람이었던 것이다. 그해 뉴욕에서 나는 결국 이혼하게 될 내 부인을 만났고, 그녀가 원했으므로 잘 다니던 투자사를 그만두고 한국행 비행기를 탔다. 내 경력은 화려했고, 날 부르는 회사는 많았다. 나 역시 금융계에 화려하게 데뷔했고, 이듬해 결혼까지 성공했다. 그때까지만 해도 내 앞에는 탄탄한 황금 길이 펼쳐져 있는 것만 같았다. 가끔 뉴스에서 나와 동명이인인 그를 보긴 했지만 그 무렵 내게 그는 아무런 감흥도 불러일으키질 못했다. 이제 그는 내게 영영 잊힌 사람이었던 것이다.

나는 서성거리고 있었다. 광화문의 대형 서점 안에서 책을 뒤적이고 있었지만 책의 내용 따위는 이미 보고 있지 않았다. 자꾸 시계를 힐끗거렸고, 광화문역으로 향하는 통로를 멍하니 바라보곤 했다. 서점 직원은 아까부터 탐탁지 않은 눈으로 날 바라보고 있었다. 사지도 않을 책을 계속 만지작거리고 있었던 것이다. 여섯 시 오 분 전. 이제 광화문역을 향해 갈 시간이었다.

아침나절 나는 소파에 앉아 그들이 보낸 엽서를 재떨이에 불태웠다. 딱히 그럴 필요까지는 없었지만 나는 매뉴얼에 충실한 삶을 살았다. 리스크를 관리하고 숫자 속에 있는 불안 요소들을 배재하는 삶을 꾸려왔다. 그리고 그런 삶이 미국 주택 시장에서 불어온 바람에 쓰러져버리기 전까지 잘 통하는 것처럼 보였다.

〈베드로와 안드레아의 부르심〉은 정말 내 재떨이 속에서 순식간에 재로 변하고 말았다.

그러고 나서 예기치 못한 일이 벌어졌다. 아침나절까지만 해도 나는 결코 광화문에 나가지 않으리라 마음먹고 있었다. 잘못 온 편지였고, 내가 나갈 이유가 없었다. 하지만 재가 된 엽서를 물끄러미 바라보고 있자니 견딜 수 없이 비밀결사의 정체가 궁금해지기 시작했다. 그것은 서서히 무서운 갈증으로 변해 나를 충동질하더니 급기야는 광화문 인근 대형 서점으로 발길을 옮기게 만들었던 것이다.

여섯 시 정각이 되자 나는 초조해지기 시작했다. 광화문역의 세 번째 관계자 외 출입금지 문을 찾을 수 없었던 것이다. 두 개의 출입금지 문 사이를 오가며 헤매고 있다가 역무원을 붙들고 물었다.

"세 번째 관계자 외 출입금지 문은 어디 있나요?"

"성함이 어떻게 되시죠?"

나는 내 이름을 말했다. 그러자 그는 고개를 끄덕거리곤 따라오라고 말했다. 그가 날 데리고 간 곳은 광화문역 인근에 있는 한 지하보 앞이었다. 그곳에는 붉은색 원피스를 입은 한 여성이 날 기다리고 있었다.

"생각보다 젊어 보이시는군요."

나는 달리 할 말이 없었다. 사실 그들이 오해하고 잘못 엽서를 보냈으니까. 나는 대답 대신 어색하게 웃어 보였다.

지하로로 내려가자 지하로 가운데에 철문이 있었다. 그녀는 그 문을 열고 안으로 안내했다.

"박통 시절에 정부종합청사와 청와대 안가의 비상 탈출용 출구로 만들었던 문들 중 하나죠."

"대단하네요. 이런 게 있으리라곤 상상도 못했는데."

그것은 콘크리트로 된 통로였다. 습한 공기가 밀려왔고 천정을 따라 띄엄띄엄 등이 달려 있었다. 전체적으로 조명은 어두웠지만 지난 세기에 만들어진 공간이라고는 믿어지지 않았다. 아무런 장식이 없는 살풍경한 공간이었지만 관리를 잘 받아왔는지 전체적으로는 깔끔한 느낌이었다. 콘크리트로 된 어둡고 긴 통로와 회랑들을 지나는 동안 온갖 상념이 꼬리를 물었다. 내가 그들이 속한 비밀결사의 일원이 아니라는 사실이 밝혀지면 과연 어떤 일이 벌어질까? 조금 두려운 생각도 들었다. 국회의원이라는 선배의 현 위치와 박통이 만들었다는 통로가 합쳐져 어쩌면 와서는 안 될 공간에 온 것인지도 모른다는 생각에 심장이 두근거렸다. 긴 통로를 걸어가는 동안 얼마의 시간이 흘렀는지 알 수 없었다. 폐소공포증을 불러일으킬 듯한 지하의 답답함 탓에 붉은 원피스를 따라가는 일은 마치 끝나지 않는 악몽 같았다.

그녀가 날 데리고 간 곳은 거대한 원탁이 있는 회의실이었다. 얼굴 높이에 장막 같은 것이 드리워져 있는 데다가 각 자리마다 칸막이가 있어서 상대편 얼굴을 볼 수 없게 되어 있었다. 문득 날 안내하는 여성이 날 알아보지 못하는 것도 당연하다는 생각이 들었다. 그들이 보낸 엽서를 통해 추론해보자면 그들은 어떻게든 연관이 있는 사람이었지만 현재 자신이 속한 위치에서 굳이 자신의 신분을 드러내고 싶어 하지 않는 것 같았다. 각 칸막이에는 이미 사람들이 도착해 있었고, 마지막으로 온 나를 기다리고 있었다. 나는 그들의 정체가 궁금해졌다.

"오늘 새로 오신 분이 드디어 도착했습니다. 박수로 맞이해주시죠."

여섯 시 방향의 칸막이에서 이런 목소리가 흘러나왔다. 원탁의 테이블 위로 흰 손들이 마치 유령처럼 불쑥 나타나 박수를 치기 시작했다. 멋쩍어진 나는 조심스럽게 자리에 앉았다. 아무도 인사 따윈 하지 않았다. 동시에 누구도 말하지 않았다. 다들 내가 말하길 기다리고 있다는 걸 깨달았다.

"이렇게 초청해주셔서 감사합니다. 하지만 언뜻 기억나지 않는 게 있너군요. 워낙 오래선 일이라서요. 엽서에 적혀 있던 저희가

가지고 있던 이상이 뭔지 설명해주실 분 있으신가요?"

"저희 학회는 기억하시는지요?"

정면에서 남자 목소리가 들렸다. 당연히 기억할 턱이 없었다. 하지만 지금 이 상황에서 할 수 있는 답은 하나뿐이었다.

"예."

여덟 시 방향에서 여자 목소리가 들렸다.

"그렇다면 우리가 마지막에 했던 약속과 선언도 기억하시는지요?"

낯익은 목소리였다. 최근에 어디선가 들어본 목소리였는데 누군지 기억할 수 없었다.

"약속은 어렴풋이 기억나는데 선언이라니요."

"세계 인권선언이요. 이를테면 우리에게도 헌법이 있다는 거예요."

"……계속해봐요."

두 시 방향에서 굵은 사내의 목소리가 들려왔다.

"모든 사람은 태어날 때부터 존엄성과 권리에 있어 평등하다. 서로에게 형제애로 대해야 한다. 모든 사람은 생명과 신체의 자유와 안전에 대한 권리를 가진다. 모든 사람은……"

사내는 계속 엄숙한 목소리로 선언을 읊었다. 훌륭한 선언문만큼이나 그의 목소리는 어떤 신뢰감을 주었다. 목소리 역시 낯설지 않았다. 나는 문득 그가 정부의 정책을 광고하다시피 하는, 내가 다녔던 대학 출신의 한 방송국 아나운서라는 사실을 깨달았다.

"현실과는 동떨어진 이야기군요."

나는 부러 목소리를 낮게 깔며 말했다.

"흥, 현실을 바꾸기 위해 이상이 중요하다는 말도 못 들어보셨나요? 나나 당신이나 이 이상을 위해 청춘을 몸 바쳤단 말이에요. 아시겠어요?"

여자는 신경질적으로 이렇게 말했다. 목소리를 듣자 정체를 알 수 있었다. 여당의 대변인을 했던 우리 과 삼 년 선배였다. 각종 실언으로 그녀는 한동안 쉴 새 없이 뉴스 머리를 장식했었다.

"자, 그럼 지금부터 문제를 내죠."

나는 드디어 내 운명의 갈림길에 도달했다는 걸 깨달았다. 틀림없이 정체가 탄로 날 것이었다. 그녀가 묻고 있는 질문에 답을 하지 못할 것이 뻔했으므로. 그럼 어떻게 될까? 심장이 두근거리기 시작했다.

"우리가 목표로 하고 있는 이상은 과연 무엇일까요?"

나는 머리를 굴렸다. 세계 인권선언은 사실 강제성이 없는 선언이었다. 하지만 법을 배웠다면 세계 각국의, 특히 2차 대전 이후 독립한 나라들의 헌법에 지대한 영향을 미쳤다는 것 정도는 상식이었다. 일 년을 다니고 만 법대였지만 그 정도는 알고 있었

다. 인권선언이 표방하고 있는 바는 아주 단순했다. 더 말할 필요
도 없는 한 단어였다.

"휴머니즘."

"역시 기억하고 있군요."

긴장이 풀리며 의자에 무너지듯 기댔다.

"우리는 학회를 해체하며 맹세했었죠. 이념이니 파벌이니 하는
것들을 초월해서 각자 사회로 돌아가 세상을 바꿀 힘을 얻은 후
이 이상에 부합하는 삶을 살자고요. 그 목적에 충실하기 위해 다
시 비밀결사를 부활시킨 겁니다."

멋졌다. 세상을 바꾸기 위해 그들은 기꺼이 호랑이 입안으로
들어간 것이었다. 그렇다면 정당 대변인을 하며 보여줬던, 그녀의
어처구니없을 정도로 당황스러운 언행과 태도는 이 비밀결사를
위한 일종의 위장이었단 말인가? 실언들 역시 여당의 지지율을
떨어뜨리기 위한 일종의 고육지계였단 말인가.

"당신이 우리의 이상을 기억하지 못했다면 지금까지 세상에 보
였던 당신의 태도를 저희도 변절로 받아들였겠지요. 하지만 기억
하고 있는 이상 당신이 했던 일들도 우리와 같은 목표였다고 이해
하겠습니다. 우리가 이 비밀결사를 만든 건 이 년 전부터입니다.
하지만 선배가 너무 훌륭하게 활동하신 나머지 변절한 것인지 아
니면 저희 이상에 부합하기 위해 노력한 건지 확신할 수 없었습

니다. 그래서 이렇게 이 년 만에 연락을 드리게 된 거죠."

나는 동명이인 선배가 정계에서 보여준 최근의 행보를 돌이켜 보았다. 그는 부자들이 세금을 적게 낼 수 있도록 정신없이 뛰어다녔고, 각종 사회보장 제도를 철폐하기 위해 불철주야로 노력했다. 사실 당시 돈을 잘 벌던 내 입장에서 선배의 활약은 눈부시다 못해 눈을 뜰 수 없을 정도였다. 과거 그가 내게 저질렀던 극적인 모욕조차도 아무렇지 않게 느껴질 만큼 그는 내가 내야 할 세금 수천만 원을 아껴준 사람이었다. 하지만 막상 직장을 잃고 엄청난 위자료를 물고 나자 선배가 없애버린 각종 그물망 덕분에 나는 바닥까지 수직으로 떨어져 내려가야 했다. 물론 예전으로 돌아갈 여력이 없는 것은 아니었다. 하지만 날 원하는 회사들은 전에 받았던 연봉의 오분의 일도 주지 못했다. 의욕이 날 턱이 없었다.

어쨌거나 선배가 휴머니즘에 기여하기 위해 노력했다는 것이 과연 무엇인지 감조차 잡을 수가 없었다. 그가 기여했던 노력은 늘 소수의 지갑을 향해 있었던 것이다.

"처음엔 대학교수, 정치가, 법조인, 기업인들이 모여 이 모임을 시작했지요. 그들은 모두 예전 그 학회 출신이었으며 사회적으로 자리를 잡은 사람이었습니다. 그 후 건축업자, 의사, 언론인, 금융인들이 더 들어왔고 집단의 동일성을 확보하자는 뜻에서 우리 학교 동문 출신으로만 모임을 제한했어요. 물론 그들은 겉으로는 아무 이상이 없는 사람들처럼 살아요. 하지만 역시 삶의 어떤 이상을 가슴에 품고 있는 사람들이죠. 아무튼 우리는 두 달에 한 번쯤 은밀히 모였다가 헤어지곤 해요. 어떻게 보면 이중적인 삶을 살고 있는 사람들이지요. 현실에서 휴머니즘은 더 이상 용납될 수 없으니까, 그게 불가능한 것처럼 보이니까, 말하자면 지하에다 우리가 힘을 모을 은밀한 세력을 세운 거예요. 우리가 인류를 문장으로 한 것도 다른 뜻이 아니에요. 말하자면 우리는 여기서 인류를 구하기 위한 계획을 세워요. 이상을 현실화하는 법을 배운단 말이죠."

나는 어안이 벙벙해졌다. 동문에 성공한 유명인. 이곳의 원탁에 앉아 있을 사람들의 면면을 짐작할 수 있을 것 같았다. 하지만 TV에서, 신문에서, 인터넷에서 본 그들의 활약상은 예전에 내가 기억하고 있는 그들의 모습이나 지금 말하고 있는 이상과는 완전히 달랐다. 경쟁을 부추기고, 빈부 격차를 늘리고, 대다수의 사람들의 삶을 팍팍하게 만들고, 가난한 자들을 나락으로 빠뜨렸다. 하나같이 평범하게 살고 있는 다른 동문들로부터 혹은 같이 운동을 했던 다른 동료들로부터 배신자나 변절자라고 욕을 먹고 있었다. 그들은 대학 시절 자신들이 욕하던 대상들보다 더욱 획기적인 방식으로 사람들의 목을 죄고, 상식 이하의 행동과 발언들을 하고 충격적인 모습을 보여주었던 것이다. 이 모든 게 휴머니즘을 위한 것이었다니 할 말이 없었다.

원탁 위에는 묘한 공기가 감돌았다. 이곳에 와 있는 사람들이 내가 알고 있는 사람들인지, 이곳이 내가 존재하고 있는 곳인지 전혀 분간이 되지 않았다. 자 이제 회의를 시작하시죠. 낮고 굵은 목소리로 아나운서가 말했다.

회의는 지난 두 달간 비밀결사가 각자 했던 행동들을 보고하는 것으로 시작되었다. 나는 이내 과거 대학생 시절에 했던 평가와 반성 시간의 반복이란 걸 깨달았다. 처음엔 휴머니즘이라는 이상에 부합하는 어떤 은밀한 사회적인 활동을 보고하는 자리이리라 생각했었다. 하지만 막상 보고 내용을 보자 또 한 번 한 방 맞은 기분이 되고 말았다.

첫 발표자는 비정규직을 정규직으로 전환시키는 법안을 철폐시키기 위해 어떻게 노력하고 있나에 대한 진척 과정을 설명했다. 그럴 수 있었다. 뭐, 비정규직을 줄이는 게 고용시장을 경직시켜 청년 실업을 증가시킨다는, 믿을 수 없지만 누군가는 믿고 있는 견해도 있으니까.

두 번째 발표자는 가난한 학생에 대한 학비 지원 예산을 전용해서 다른 곳에 쓰고 있는 실태에 대해 보고했다. 교육 관련 공무원이 분명한 그는 자신의 행위를 자랑스럽게 떠들어댔다. 다른 사람들은 그를 칭찬했다. 그가 한 짓은 아무리 좋게 봐도 휴머니즘과 거리가 멀었다.

세 번째 발표자는 도시 빈민을 위한 예산을 건축 쪽으로 돌리기 위해 어떤 형태의 예산안을 짜고 있나 설명하며 도움을 청했다. 중앙정부에 힘 있는 공무원이 틀림없는 그의 발표까지 듣자 어느 면으로 보나 휴머니즘과는 백만 광년쯤 떨어진 집단이라는 게 분명해졌다. 나는 이 요지경을 어떻게 받아들여야 할지 몰라 당황스러웠다.

그사이 네 번째 발표자는 주택 가격을 인상시키기 위해 공급을 줄이고 금리를 낮춰야 한다고 역설했다. 그 문제에 대해 건축과 금융 쪽에서 일하는 듯한 두 사람이 끼어들어 잠시 무엇이 더 효율적인가를 놓고 언쟁이 벌어졌다. 어쨌거나 목표는 부동산 가격의 인상이었고 이 역시 인권이나 휴머니즘과는 거리가 멀었다.

뒤이어 아나운서 차례였다. 그는 통계청의 통계를 읊었다. 가까운 미래에 출산율의 급격한 감소로 노령화 문제가 심각해질 것이며 한 세대가 지나면 인구는 급격한 감소세로 돌아서서 이백 년 안에 한국인은 멸종할 것이라는 내용이었다. 갑자기 원탁에 앉아 있던 사람들이 우레와 같은 박수를 쳤다. 나 역시 영문을 모른 채 박수를 따라 쳤다. 하지만 맞은편에 앉아 있던 사내가 성을 내며 자리에서 일어섰다.

"이게 무슨 기뻐할 일입니까! 우리가 목표하는 게 고작 국내의 성과에 만족하는 것이었습니까?"

그의 일갈에 회의장 안은 한순간에 조용해졌다. 옆자리에 앉은 사내는 조심스럽게 손을 들었다.

"그 부분에 대해서는 저희 회사에서 최선을 다하고 있습니다. 이따 제가 보고할 참이었습니다."

옆자리에 앉은 사내가 낮게 안도의 한숨을 쉬었다. 맞은편에 앉은 사내의 정체를 알 순 없었지만 이들 중에서도 중심격의 인물이 분명했다. 하긴 평등을 상징하는 원탁이라 해도 주도자가 있겠지. 다시 상황이 정리되자 발표자들의 발표가 계속되었다. 오늘 처음 왔으므로 내가 발표할 필요가 없다는 것은 정말이지 다행이었다. 선배가 하고 있는 짓은 이들의 목표에 부합하는 것이 분명했지만 내가 그의 구체적인 의정 활동을 알 수도 없었고, 이곳에서 보고할 수는 더더욱 없을 터였다.

하지만 이들이 말하고 있는 휴머니즘의 정체에 대한 궁금증을 더 이상 참을 수 없었다. 위험한 짓이라는 건 알고 있었지만 나는 옆 칸을 조심스럽게 노크했다. 반대편에서는 한창 발표자가 어떻게 의료 보험을 민영화할 것인가에 대한 문제를 놓고 서너 명과 열띤 토론을 하고 있었다.

"죄송한데요. 제가 처음 와서 그런데 의료 민영화랑 휴머니즘이랑 무슨 상관이죠?"

낮은 목소리로 나는 이렇게 물었다.

"그거야 의료비가 증가해야 평균수명이 감소할 테니까요."

칸막이 건너편에서 낮은 목소리가 들려왔다. 하지만 그의 답으로도 도무지 이해할 수 없었다.

"죄송한데 평균수명이 줄어드는 거랑 휴머니즘은 또 무슨 상관이란 말입니까?"

"요즘은 사물의 가치가 사람의 가치를 우선하는 시대죠. 다들 그 사람이 입은 옷의 메이커, 타고 다니는 자동차, 신고 다니는 신발로 사람의 신분을 결정하고, 그런 것을 궁금해하고, 명품에 열광합니다. 왜 이런 일이 발생하는지 생각해보셨습니까?"

"아니요."

나로 말하자면 잘나가던 시절 어느 이하는 입지 않았고, 어느 이하는 타지 않았고, 어느 이하는 먹지도 않았다. 그 정도 돈은 있었고, 그 정도 돈이 있을 때 그 정도는 써주는 것이 소비자의 도리였다.

"그건 아주 간단한……"

옆 칸막이에서 말소리가 끊겼다. 다음 발표자로 차례로 넘어간 것이었다. 새로운 발표자는 아까 국제적인 문제에 대해 보고할 것이라 말한 사람이었다. 그는 목소리를 가다듬더니 말을 시작했다.

"최근 조사에 따르면 아프리카 남부에서 다섯 살 영아를 사는 비용이 이십 불에서 십팔 불로 떨어졌습니다."

여기저기에서 낮은 탄식 소리가 흘러나왔다. 다시 발표의 발표가 시작되자 옆자리에서 목소리가 들리기 시작했다.

"그건 아주 간단한 겁니다. 지금 발표하는 것처럼 아이 하나 몸값이 이십 불도 안 되는 이유가 뭐라고 생각합니까?"

문득 무언가 머리를 스치는 생각이 있었다. 나는 지난 이십 년을 선물과 펀드를 거래하며 보냈었다. 무언가의 가격은 항상 수요와 공급 곡선에 따랐다. 어떤 상품의 가치를 높이기 위한 방법은 아주 간단했다. 수요를 증가시키거나 공급을 감소시키면 됐다. 이걸 희소성이라고 말한다. 마르크스 역시 시장에서 사물의 가치를 결정하는 건 이 희소성이라고 말했었다. 갑자기 머릿속이 맑아졌다.

아, 이들은 혁명에 실패한 후 깨달았던 것이다. 기본적인 인권을 높이려 노력해도 매번 실패할 수밖에 없었던 이유를.

너무 많은 사람이 있었다. 즉 이 많은 인구를 가지고 인권이니 인간 생명의 가치를 운운하는 것은 마치 공기를 비싸게 팔아먹으려 하는 것과 다름없었다. 혹은 대동강 물을 팔아먹었던 봉이 김선달과 다름없었다. 왜냐하면 대동강 물이든, 공기든, 인간이든 하나같이 희소성이 없었던 것이다. 사람의 목숨은 무엇과도 바꿀 수 없다고 사람들은 말했지만 사실 까놓고 말해서 그의 목숨을 대신 할 수십억의 인간들이 지구상에서 바글거리고 있었다. 인격적인 척하기 위해 아니라고 말하지만 그걸 다들 알고 있으므로 하나같이 사람 목숨을 함부로 대할 수 있었던 것이다. 쉽사리 전쟁을 일으키고, 사람이 먹을 음식을 속여 팔고, 환경을 오염시키고, 사람 목숨을 앗아갈 정책들을 추진하고, 타인의 죽음 따위엔 눈 하나 깜짝 안 하고 살아갈 수 있었다. 현실이 이러한데 아니라고, 인간 가치는 소중하며 무엇에 비할 바 없다고 떠드는 일은 현실 도피요, 기만일 뿐이었다. 결국 인간 가치를 회복하기 위해서는 희소하게 만드는 수밖에 없었다.

인간을 희소하게 하기 위해서는 힘이 필요했다. 이들은 이십 년 전 자신의 실패를 인정하고 그들이 그토록 경멸하던 세력으로 뛰어들어 인류를 희소하게 만들 계획을 짜고 있었던 것이다. 남들이 자신을 욕하든 변절했다고 떠들든 상관없었다. 이상을 실현할 힘을 얻을 수 있다면 그 무엇도 문제가 되지 않았다.

"하지만, 그럼 어떻게 솎아낼 사람들을 고르는 겁니까?"

나는 마지막으로 옆자리 사람에게 물었다.

"무슨 바보 같은 소릴 하는 겁니까. 인간의 가치가 사물보다 떨어지는 세상이니 당연히 돈의 흐름에 거치적거리는 존재들은 이 세상에 존재할 이유가 없는 겁니다. 그건 휴머니즘으로 구할 인간의 범주에도 들지 못하는 잉여일 뿐이지요."

그것이 바로 비밀결사 인류 낚시 통신의 목적이자 그들의 휴머니즘이었던 것이다.

갑자기 머릿속이 맑아졌다. 그들은 변절자가 아니었다. 그들은 같은 이상을 다른 방식으로 추진하고 있었던 것이다. 원시 공산 사회에서 공산주의가 성립할 수 있었던 것은 그들이 획득하는 어떠한 사물들보다 사람이 훨씬 희귀한 존재였기 때문이었다. 상부구조를 지배하는 건 하부구조였고, 그 하부구조의 정점은 바로 인간의 수였다. 만약 인간의 수를 원시시대 수준으로 낮춘다면 공산 유토피아는 절로 이뤄지는 것이었다. 나는 후기 자본주의와 공산주의가 같은 목표를 향해 가는 두 개의 바퀴와 같다는 사실에 무릎을 쳤다. 그것이었다. 소비자가 되지 못한 존재들을 잉여로 만들고 그들을 죽음으로 몰아붙여 폐기 처분함으로써 인간의 가치를 드높이는 소비자의, 소비자에 의한, 소비자를 위한 휴머니즘을 실현하고 있었던 것이다. 이 사회에서는 소비자가 되지 못하면 더 이상 인간이 아니었다. 나는 우리나라 자살률이 가장 높은 이유를 깨달았다. 죽었던 사람들은 인간의 가치를 낮출 뿐인 인간과 비슷한 잉여일 뿐이었다.

나는 내가 깨달은 이 비밀결사의 놀라운 비밀에 감동해야 하는지, 슬퍼해야 하는지, 기뻐해야 하는지, 혼돈에 빠졌다. 나로 말하자면 부르주아로 착각하며 떵떵 떠들다 그들의 계획인지, 아니면 의도하지 않은 사고였는지, 구조적 한계인지, 알 수 없는 원인으로 잉여로 굴러떨어졌던 것이다. 그리고 지난 두 달간 실직과 이혼의 상처를 동시에 가슴에 품은 채 매일매일 죽고 싶다는 생각을 했었다. 그 죽고 싶다는 생각 자체가 인류 낚시 통신의 의도였던 것이다.

이제 나는 바닥에 있었다. 폐기 처분되어도 어쩔 수 없는 존재였다.

그들의 회의를 들을수록 나는 뼈아픈 마음이 되어갔다.

긴 회의가 끝난 후 나는 차가운 원탁에 홀로 남겨졌다. 누군지 짐작할 수 있지만 얼굴을 볼 수 없는 그들이 나가는 동안 나는 내게 닥친 암담한 현실이 주는 비릿함을 천천히 음미했다.

붉은 원피스는 원탁에 남아 멍하니 입을 벌리고 있는 내게 찾아와 이렇게 말했다. 회의는 끝났습니다. 이제 돌아갈 시간입니다.

나는 깨달았다. 돌아가야 했다. 살아남기 위해서는 원래 있던 부르주아의 열로 돌아가야 했다.

지금부터 돌아가고 싶다고 나는 간신히 그녀에게 말했다.

그래요. 당신이 살던 원래 세상으로 돌아가세요. 원래 당신의 자리로 돌아가세요.

내가 돌아갈 곳은 돈이 없으면 존재 가치가 없는, 잉여들은 인권을 위해 숨아내져야 할 차디찬 세상이었다. 나는 발을 끌며 차가운 콘크리트 통로를 거슬러 광화문 지하로의 철문으로 나왔다. 양 옆에서 노숙자들이 박스를 덮고 자고 있었다. 나는 아직 충분히 거슬러 올라오지 못했다는 걸 깨달았다.

나는 광화문 지하로 노숙자들 사이에서 벽에 머리를 기댄 채 흐느끼기 시작했다. 직업이 없다는 현실이 비로소 사무치게 다가왔다.

나는 이혼이 준 상처에서 빠져나와 인터넷 폐인 생활을 접고 어떻게 펀드 매니저로, 인간이 될 수 있는 소비자의 끄트머리로 어떻게 돌아갈 것인지 고민했다. 상처 입은 지느러미를 끌고 내가 다시 거슬러 올라가야 할, 상류로 향하는 피라미드 꼭대기를 바라보았다. 그것은 황금색으로 찬란했다.

긴 흐느낌의 시간이 흐른 후, 나는 가까스로 새벽의 차가운 냉기만이 남아 있는 광화문 지하차도의 바닥을 짚고 일어섰다. 비밀은 없었다. 우리가 거슬러 올라갈 곳은 하나였다. 이 시대의, 이 세상에서 존재의 시원이란 결국 돈이었다.

그러나 그 먼 인간으로 대접받기 위한 최소의 재산, 잔고, 브랜드, 내가 그곳으로 돌아가기 위해서는 보다 많은 밤과 낮을 필요로 했다.

코스피에 사이드카가 뜨고 거래가 정지된 날, 나는 그들이 보낸 두 번째 통신을 수신했다.

운이 좋았다고 생각합니다. 지난 구 년간 소설을 쓸 수 있었습니다. 큰 상금의 문학상으로 등단해 처음 몇 년간 별 어려움 없이 소설만 쓸 수 있었고, 그 후에도 일 년의 반은 소설을 쓰고 있는 것 같네요. 문학이 어려운 이 시기에도 어떻게 많은 분들의 도움으로 여러 권의 책도 냈습니다.

그만큼 힘도 들었습니다. 아무도 읽지 않는 것 같은 판매량 때문인지, 아니면 안에 있는 것을 바닥의 바닥까지 긁어모아 일 년에 삼백 일 이상 글만을 쓰고 있는 삶 때문인지는 알 수 없지만, 끝이 보이지 않는 해안선에서 쉴 새 없이 모래를 퍼내는 기분이었습니다. 그래서 올해는 태업을 해야겠다고 결심했습니다.

그러자 마음에 걸리는 것이 써놓은 단편들이었습니다. 어쨌거나 청탁이 거의 오질 않고, 늘 뭔가 써야 할 글이 밀려 있다 보니 그동안 쓴 단편들은 방치 상태였습니다. 그 결과, 처음 쓴 단편은 어느새 낡고 낡아, 빛바랠 지경이 됐습니다. 개인적인 견해일 뿐이지만 단편소설이란 기본적으로 도넛만큼이나 유통기한이 짧다 생각하는데—도넛의 유통기한은 일반적으로 열두 시간에서 스물네 시간 사이입니다—게으른 악덕 점주를 만나 묵은지 마냥 푹 익어가고 있었던 겁니다. 하여 밀린 숙제를 하는 기분으로 뚝딱 두 편을 더 쓴 후 책으로 묶었습니다. 그러니까 책이 나와야 마음 편하게 놀 수 있다는 이유로 이렇게 서둘러 낸다는 이야기입니다.

몰:mall:沒

〈몰:mall:沒〉은 《릿터》에서 청탁을 받아 쓴 소설입니다. 《자기 개발의 정석》과 관련해 편집자와 이야기하다가 세월호 이야기가 나왔고, 제가 구상 중인 단편 이야기까지 나와 청탁을 받아 쓰게 된 글이었습니다. 인터넷에서 삼풍백화점 관련 글들을 읽다가 써야겠다, 결심하게 됐죠.

원래는 삼풍백화점 사건 당시 그 잔해와 시신이 난지도에 버려졌고, 가족들이 시신을 찾기 위해 밤에 손전등을 들고 그 넓은 쓰레기 산을 헤맸다는 한 신문 기사의 구절을 소설로 쓰려 했었죠. 하지만 그렇게 나온 소설을 만약에라도 유가족들이 읽게 된다면 또 다른 상처가 될지 모른다고 생각했습니다. 그래서 나온 게 지금의 〈몰:mall:沒〉입니다. 제가 선택한 것이었고 이렇게 바꾸면서 얻게 된 것도 있지만, 사람의 마음을 움직일 어떤 거대한 부분은 사라져버렸다고 생각합니다. 작가로써 썩 좋은 선택은 아니지요. 그럼에도 다시 소설을 쓰게 된다 해도 지금의 버전으로 쓰게 될 것 같습니다. 제가 좋은 작가는 못 되는 것이겠죠.

〈몰:mall:沒〉을 쓸 당시 광화문에서는 한창 촛불 집회를 하고 있었습니다. 원래 사람 많은 곳을 좋아하지 않아서 집회 같은 곳에 거의 나가지 않지만—여행 갔을 때 숙소 앞 거리에서 축제를 하고 있었는데 사람 많은 게 싫다는 이유로 숙소에 들어가서 지역 케이블 방송으로 축제 중계를 봤습니다—〈몰:mall:沒〉을 썼다는 이유로 부채감 때문에 매주 광화문에 나갔던 기억이 납니다. 그래도 내내 사라지지 않는 죄송함이 꼬리표처럼 떨어지지 않아서 여전히 황송한 마음입니다. 더 잘 썼다면 이런 기분이 들지 않았을까요? 잘 모르겠습니다.

개인적인 소회를 밝히자면 나라는 사람이 글 쓰는 작가로 얼마나 무력하고 무능한가를 실감하게 한 소설입니다. 무언가 더 좋은 훌륭한 길이 있었는데 찾지 못하고 이정도밖에 쓰지 못한 것이 아닐까, 다시 읽으면 매번 이런 생각에 사로잡힙니다. 그래도 생각을 돌아 돌아 쓰길 잘했다는 생각을 합니다. 아니. 잘 쓰진 못했지만 써야 했으며, 썼을 뿐입니다.

회랑을 배회하는 양떼와 그 포식자들

아직도 사람들이 풀 네임을 제대로 기억하지 못하는—보통 양 나오는 그 무시기, 정도로 기억하십니다—이 소설에 대해서는 이미 상을 받았던 작품집에서 길게 작가의 말을 썼습니다. 따라서 딱히 더 할 이야기는 특별히 없어 보입니다. 그때는 원고료를 받아 썼고 지금은 그냥 쓰는 것이기에 그닥 열심히 해야 할 의지도 없고요.

그저 작가로서 도움이 될 만한 무언가를 군이 찾아보면, 혹시라도 이 소설의 제목을 반드시 외워야겠다는 편집증적인 제목도착증 내지는 제목성애자가 계신다면 제목이 칼 포퍼의 〈열린사회와 그 적들〉에서 따온 것이라는 팁을 드리고 싶습니다. 해서 'XX와 그 무엇들'이라는 형식을 기억하시면 외우기 한결 수월해집니다.

그래도 뭐라도 써야 하겠기에 이참에 돈도 안 주는 이번 '작가의 말'을 왜 이렇게 적는가에 대해 짧게 말하자면 원래 단편집에 늘 있기 마련인 '작품 해설'을 넣고 싶지 않았기에 줄어든 분량을 맞추기 위해 울며 겨자 먹기로 쓰고 있는 중입니다. 제가 작가의 말 쓰는 걸 정말 싫어하거든요.

작품 해설이 없는 데는 실용적인 이유와 원론적인 이유가 있습니다. 실용적인 이유는 단편집이 빨리 나와야 제가 놀러갈 텐데 작품 해설을 넣으면 평론가께서 해설을 써주실 때까지 기다려야 하기 때문입니다. 책 읽어볼 시간과 글을 쓸 시간을 넉넉하게 드리게 되면 출간 일정이 꽤나 뒤로 밀려야 합니다. 저는 주말이면 뚝딱 비슷한 분량을 쓸 텐데 말이죠. 놀고 싶어 환장한 놈 같다고요.

네. 정확하십니다. 아주 환장했습니다.

다른 원론적인 이유는 독자가 소설을 읽는 일은 작가가 쓴 글을 읽는 게 아니라 작가 쓴 글을 통해서 자신의 삶을 투영해 보는 일이라 믿기 때문입니다. 그런데 책 끝에 훌륭한 평론가님의 글이 있으면 아무래도 내가 보는 관점이 틀린 것 같다 생각하기 쉽거든요. 누군가의 훌륭한 관점이 있고, 그것을 참고하는 것도 좋겠지만 그게 반드시 옳다는 건 아닙니다.

걱정스러운 마음에 한마디 보태자면 여기 작가의 말에 제가 어떤 의도나 동기로 쓰게 됐다는 내용이 적혀 있어도 그것을 그닥 중요하게 생각할 필요는 없습니다. 그건 어디까지나 작가의 사정일 뿐 정답도 아니고 그저…… 사족이죠. 물론 작가로서 글을 쓸 때 이런 것을 알아줬으면 좋겠다,라는 동기도 있고 목적의식도 있습니다. 하지만 그 조차 작가가 글을 쓰기 위해 필요한 것일 뿐, 쓰고 나면 중요치 않다는 게 솔직한 제 생각입니다. 그러니 부디 편하게 읽으시고 물고 씹고 뜯고 즐겨주시기 바랄 뿐입니다.

계절의 끝

몇 해 전 연말 술자리에서 정명섭 작가님과 우연히 한 테이블에 앉게 됐습니다. 한 삼십 분쯤 이야기를 나누고 있었는데 대뜸 제게 이렇게 말씀하셨습니다.

"작가들이 모여서 앤솔러지를 내려 하고 있는데 혹시 단편 한 편 써주실 수 있나요?"

"어휴! 당연히 써야죠."

지하철에 관한 앤솔러지라는 간단한 설명을 듣고, 연락 주시면 원고를 보내겠노라 약속을 하고 돌아와 다음날부터 쓰기 시작한 글입니다.

당시 후에 쓸《우로보로스》를 위해 제법 많은 과학 관련 책을 읽고 있었고 때문에 대멸종에 대한 단편소설을 써야겠다고 생각하고 있었으니 거기에 지하철만 적당히 넣으면 되겠구나,라고 생각하며 일단 쓰기 시작했습니다. 그때 공부하기 시작한 정보이론으로 세상 일 여러 가지를 치환해 생각해보곤 했는데 대멸종이란 소재 역시 진화나 생명체를 정보라는 관점에서 봤을 때 어떻게 받아들일 것인가 이야기할 만한 소재가 있을 것 같았고 인간의 삶이란 무엇일까 생각해보기에 좋은 내용이라 생각했습니다.

해서 후다닥 소설을 쓰고 났더니 정명섭 작가님께 연락이 왔습니다. 지하철이라는 주제가 너무 한정적이란 다른 작가님의 의견이 있어서 편하게 써도 된다고요. 그래서 뒷부분을 좀 다듬고 바로 보내드렸던 기억이 납니다.

그리고 많은 일이 있었습니다. 원래 내려 했던 출판사에서 문학 쪽을 정리하면서 원고가 표류하고, 다시 다른 출판사로 바뀌고, 그 와중에 계약도 다시 하고, 바뀐 작가님도 생기고, 이런 저런 일로 밀리느라 사 년간 책이 나오지 못했습니다. 그사이 무슨 붐처럼 포스트 아포칼립스 소설들이 제법 많이 나와서 앞서 말한 도넛의 유통기한처럼 신선한 느낌은 바래버렸습니다. 마치 소설 속 편지지처럼 말이죠. 어쨌거나 여러 우여곡절 끝에 작년 연말에 《육식주의자 클럽》이란 제목으로 묶여 나왔습니다.

단편에 담기에는 너무 큰 스케일의 이야기이고 너무 큰 주제라 생각하기 쉽지만 그렇기에 단편으로 쓰기 오히려 좋았습니다. 아마 같은 이야기를 장편으로 썼다면 이런 식의 결말도 낼 수 없었을 테고 하고 싶은 이야기와 무관한 더 많은 인물 설정과 에피소드, 그리고 작가의 박물학적인 즐거움 외엔 독자에게 괴로울 뿐인 디테일한 과학적 설정들이 붙었겠지요. 단편이라 차라리 간명하게 쓸 수 있어서 만족합니다.

뭐, 짧은 글이 오히려 큰 덩어리의 이야기나 주제를 다루기 유리하다는 건 이미 보르헤스 선생님 같은 훌륭한 선구자들이 증명했던 사실이니 단편이 작은 주제, 작은 에피소드, 일상적인 이야기만을 다뤄야 한다는 건 일종의 편견이라는 말을 하고 싶네요.

첫 여성 주인공의 소설이었다는 게 특이하다면 특이하달까요? 다만 쓴 순서로 따지면 여기 실린 소설들 중 두 번째 쓴 단편인데 너무 늦게 독자에게 전해져 좀 더 일찍 나왔으면 좋았을 것이라는 아쉬움은 여전히 있습니다.

사장님이 악마예요

이 소설은 미발표 소설로 이번 단편집을 내기 위해 서둘러 쓴 단편입니다. 게으른 탓에 보통 단편은 청탁 없이 쓰진 않는데 이 글은 지극히 개인적인 청탁을 받아 쓰게 된 소설입니다.

작년 연말에 친한 작가들과 술자리를 갖게 됐는데 우연히 팬레터 이야기가 나왔습니다. 저를 제외한 다른 분들은 독자가 직접 손으로 쓴 팬레터를 받은 적이 있는데 너무 감동적이며 가끔 꺼내본다는 이야기들을 나누시더군요. 할 말이 없었습니다. 전 받아본 적이 없었거든요. 그래서 이야기하자 이런 답변이 돌아왔습니다.

"아, 진정한 임 작가 팬이네. 임 작가 독자라면 팬레터 같은 건 절대 안 쓰지."

어째서 그런 건지 알 수 없지만, 네. 그렇답니다. 여러분은 진정한 독자이십니다.

어쨌거나 이틀 뒤 다른 곳에서 영화 일 때문에 갖게 된 술자리에서 제 팬이라는 분과 마주치게 됐습니다. 술을 좀 드셨는지 붉게 상기된 얼굴로 제 손을 잡고 이렇게 말씀하셨습니다.

"《자기 개발의 정석》 너무 재밌게 잘 읽었어요. 덕분에 남편을 잘 이해하게 돼서 부부 금슬이 전보다 좋아졌어요."

《자기 개발의 정석》을 쓸 때 이 소설이 부부 관계에 어떤 도움이 될 거라는 생각은 꿈에도 해본 적이 없습니다. 아마 모르시겠지만 저는 결혼을 못했거든요―안 한 게 아니라 못한 겁니다―이러저러한 생각을 하고 쓰긴 했지만 어쨌든 부부 관계는 제가 경험해보지 못한 영역이기에 뭐라 할 수 있는 부분이 아니었죠.

"앞으로도 그런, 부부가 함께 읽을 만한 재밌는 소설 써주세요."

이 말에 저는 그만 "네" 하고 답하고 말았습니다.

그리고 이 순간 몇 가지를 깨달았습니다. 그러니까 이 분은 제 소설을《자기 개발의 정석》외에 읽어본 적이 없다는 것, 같은 소소한 것들 말입니다. 팬이라 하셨지만 아마 술에 취해 하신 말씀일 겁니다. 팬이라면 제 대부분의 작품들이《극해》나《오히려 다정한 사람들이 살고 있다》처럼 어두운 편이라는 것도 아실 테고 며칠 전 어떤 작가님이 말씀하신 것처럼 제게 아는 척하며 팬이라고 밝히지 않았겠죠. 그리고 미혼인 제게 부부가 함께 읽을 만한 소설을 써달라 부탁하지도 않았을 겁니다.

하지만 어쨌든 독자님이시고,《자기 개발의 정석》을 정말 재밌게 보신 건 확실했습니다. 그거면 충분하죠. 사적인 청탁이고 원고료도 없을 터였지만 청탁은 청탁이니까 다음 같은 기준으로 단편을 하나를 쓰기로 했습니다.

'블랙 코미디에 부부가 나오는 재밌는 소설'

원고를 읽어본 분들이 가장 처음 보였던 반응은 '헬조선'에 대한 이야기냐는 것이었습니다. 하지만 이 소설의 소재가 되는 아이디어는 헬조선과는 전혀 무관합니다.

《오히려 다정한 사람들이 살고 있다》를 쓸 무렵 신부 캐릭터를 이해하기 위해 여러 신학 관련 책을 읽고 있었고 신정론을 공부하기 위해 찾았던 책들 중 토마스 아퀴나스의 책들이 있었습니다. 아마 신이 선한 존재라면 어떻게 지옥 같은 곳을 만들 수 있는가에 대한 내용이었던 것으로 기억합니다. 거기에 지옥에 대한 설명이 너무 재밌어서 언젠가 이것을 가지고 단편소설로 써야겠다,라는 생각을 잠깐 했었고, 칠 년 후 이렇게 나오게 된 것이죠. 다만 악마가 나오고 현실 반영을 하다 보니 헬조선에 대한 이야기처럼 읽히는 모양입니다. 덕분에 코미디인데 제법 심각하게 읽으시는 분도 있더라고요.

아아, '사정없이 사정하는 일은, 사정상 사정할 수밖에 없는 사정이었다 해도'라 쓴 소설의 연장선에 있는 글이란 말입니다.

불용(不用)

이 소설은 어떤 분께 들은 지극히 사적인 지적으로부터 시작됐습니다. '너는 왜 캐릭터에 자신을 반영하지 않아?'라는 질문이었습니다. 대부분의 작가가 많든 적든 캐릭터에 자신의 모습을 담기 마련인데 너는 그런 캐릭터를 잘 찾아볼 수 없다고요. 이십 년 넘게 친하게 지낸 친구에게 정말 그런지 물었습니다. 그 친구 말에 따르면 〈회랑을 배회하는 양떼와 그 포식자들〉에 나오는 미술상의 시니컬한 말투 정도가 저와 비슷하다고 하더군요.

아마 모르셨겠지만 이 소설집의 콘셉트는 '니가 뭘 좋아하는지 몰라서 닥치는 대로 준비했어'입니다. 기본적으로 아이돌 그룹의 구성 원리와 아주 동일하죠. 그래서 공포소설에 포스트 아포칼립스, 패러디, 사회색이 강한 소설, 그리고 블랙 코미디 오컬트 물까지 다양하게 집어넣었습니다. 사실 소비자 맞춤으로 이렇게 구성했다기보다는 제가 써보고 싶은, 지금까지 안 써봤던 걸 쓰려다 보니 이렇게 된 겁니다. 하여, 자신을 반영하는 소설 역시 내가 절대 쓰지 않을 형태의 소설이라는 데까지 생각이 미치자 '한번 해보지 뭐……' 이렇게 해서 쓰게 된 소설입니다.

사족이지만 가능하면 캐릭터에 자신을 반영하려 하지 않는가에 대해 짚고 넘어가자면, 저는 기본적으로 경박한 사람이라 캐릭터를 자신과 동일시하게 되면 멋있게 쓰려고 안달나기 때문입니다. 따라서 차라리 그 캐릭터의 입장에서 사고하고, 시점을 바꾸고, 말투를 떠올리고, 일상적인 루틴들을 상상하고, 거의 캐릭터가 빙의했다 느껴지면 글을 쓰려 하는 편입니다. 그 편이 소설의 표현이나 전개에서 훨씬 자유롭거든요.

남성의 전립선 자위가 나오는 《자기 개발의 정석》 같은 글을 어떻게 썼냐고 주변에서 묻던데, 저는 굉장히 쉬웠습니다. 주인공과 저를 동일시한 적이 한 번도 없었거든요. 물론 개인적으로 이 부장 캐릭터를 정말 좋아했지만 말입니다.

물론 자신을 반영해 글을 쓰는 방법 자체가 잘못됐다거나 나쁘다
는 게 아닙니다. 그런 글은 특유의 진솔한 힘이 있고, 따라서 독자들
이 쉽게 공감하게 할 수 있고, 여러 가지, 특히 스스로를 돌아보게 하
는 데 훌륭한 역할을 한다 생각합니다. 다만 그 방법이 제게 맞지 않
다 뿐이죠. 또한 아무리 취재를 열심히 하고 자료를 찾아도 정말 한
개인을 온전히 표현하는 데는 한계가 있기 마련입니다. 직접 경험해보
기 전에 말이죠. 해서 경험이 주는 생생한 힘을 저 같은 작가는 발로
뛰며 메꿀 수밖에 없습니다.

하여 이러저러한 이유로 쓰게 된 이 소설은 개인적인 관점에서 실
패했다고 생각합니다. 나 자신을 충분히 반영하지도, 그렇다고 캐릭터
가 완전히 독립적이지도, 작품 속에 유기적으로 녹아들지도 못했거든
요. 소설의 주인공이 저를 반영하고 있는가 생각해보면 고개가 갸웃
해지네요. 안 하던 짓을 하려다 보니 제대로 망한 거죠. 그런데 그런
소설을 왜 싣느냐고요.

아무도 빼자는 소리를 안 해서요.

군이 변명하자면 '불용'이라는 제목에 꽤 어울리는 글이라 생각합
니다. 실패의 아우라가 잘 어울리는 글이라고나 할까요. 실은 편집자

님이 빼자고 하면 대신 넣으려고 백업용으로 연쇄살인 사건을 해결하고 PTSD를 앓는 형사가 한 조용한 시골 마을에 내려가 겪는 이야기를 반쯤 써놨는데, 여러 바쁜 다른 일이 겹치고 아무도 이 소설에 대해 빼자는 이야기를 하지 않아 그대로 남기기로 했습니다.

이 소설의 주인공이 정말 나와 닮았다면 여러 다른 기준에 흡족하지 않더라도 목표를 이룬 셈이니 실패가 아니라고 할 수 있겠지만, 냉정하게 봐서 이 소설에 나오는 여러 개인적인 취향의 요소를 제외하고—비트 세대 소설의 흉내랄지, 좋아하는 마술적 리얼리즘의 흔적이랄지—자신을 썩 잘 반영한 것 같지는 않습니다. 그래서 제목이 열일하는 소설이라고 하고 싶네요.

그래도 작가가 의도를 투영하는 데 실패했다는 것이지 소설 자체가 커다란 결함이 있다거나 미완성이라고 생각하진 않습니다. 그랬다면 준엄한 편집자님이 빼자고 하셨을 거라 내심 믿고 있습니다. 그리고 개별 작품으로는 만족스럽지 않더라도, '니가 뭘 좋아하는지 몰라서 닥치는 대로 준비했어'라는 이 소설집의 기획 의도에는 아주 적합한 소설이 아닌가 싶습니다. 누군가는 이 소설을 가장 좋아할 것이라 믿고 싶습니다.

인류낚시통신

〈인류낚시통신〉을 말하기 위해서는 먼저 〈은어낚시통신〉을 이야기해야 합니다. 네. 이건 패러디 소설이거든요.

패러디 작품들의 가장 큰 문제는 '컨텍스트를 이해하기 위해서 원전의 텍스트를 알아야 한다'는 겁니다. 하지만 책을 읽는 사람들이 점점 줄어드는 이 시대에 너무 큰 기대인 셈이죠. 해서 세기말 붐처럼 불었던 패러디 작품들의 기세가 최근엔 많이 사그라진 것 같습니다.

바꿔 말하자면 〈은어낚시통신〉을 읽어보지 않았다면 이 소설이 뭘 하는 건지 잘 알 수 없다는 이야기입니다. 물론 나름의 스토리가 있고 어떤 자본주의에 대한 비밀 집단이 나오는 음모론 소설처럼 보입니다. 하지만 실은 원전을 읽어야 비로소 이 소설이 지닌 다른 면이 보입니다. 〈은어낚시통신〉은 작품 자체로도 훌륭하지만, 문학사적으로도 아주 의미 있는 소설이기에 다들 읽었을 거라 생각하며 패러디를 했는데…… 음…… 그 소설을 아는 것과 그 소설을 읽어보는 것은 전혀 다른 문제라는 걸 알게 됐습니다. 좋은 경험했다 생각해야죠. 힛.

이 소설은 〈은어낚시통신〉을 최대한 흉내 내기 위해 문장 단위로 원전을 따라했는데 1990년대 중반—IMF 이전—과 2010년의 풍경이—즉 서브프라임 모기지 론 이후 사회가—어떻게 변했는가를 보여주는 데 목적이 있었기 때문입니다. 원전을 이해하고 보면 꽤 웃긴 소설인데, 슬프게도 이 소설이 왜 웃긴가를 이해시키기 위해서는 이제 설명이 필요해졌습니다. 정말 최악이죠.

이 단편이 나온 게 팔 년 전이었고 그만큼 시간이 지나버려 사회상역시 또 많이 변해버린 부분도 있습니다. 아마 이 소설이 나온 해나 그 이듬해, 아직 세계적인 불황의 시기에 읽었다면 조금 다르게 느껴지는 지점도 있었을 겁니다. 네. 이 역시 묵은지가 된 도넛이죠.

지금 와서 돌이켜 보면 첫 단편을 무슨 이유로 패러디로 쓸 생각을 했는지 잘 모르겠네요. 《자음과모음》에 청탁을 받아 썼던 것으로 기억하는데 등단한 지 얼마 되지 않아서 정말 아무 생각이 없었던 것 같기도 합니다. 첫 단편에 큰 의미를 부여했다면 아마 쓰지 못했을 소설이죠. 어쩌면 제 글들의 희박한 독창성은 그때부터 인증한 것인지도 모르겠네요. 다만 쓰면서는 매우 즐거웠던 기억이 납니다. 아마 《문근영은 위험해》를 구상하고 있던 무렵이라서 패러디에 꽂혀 있었던 것도 같고요. 뭐, 이렇게 흐리멍덩한 소리만 늘어놓는 건 그만큼 오래전에 썼던 단편이라 다시 봐도 아득하기 때문입니다.

개인적으로는 원전과 함께 나란히 놓고 일독하시기를 권하겠습니다. 제 소설에 대한 평가는 뒤로 미루더라도 원전은 일독해볼 작품이 분명하기 때문입니다. 뿐만 아니라 작품에 대한 호불호를 떠나서 한국 사회가 어떻게 극적으로 변했나를 보여주는 지점이 있어서 그 자체만으로도 변화하는 사회상을 흥미롭게 보실 수 있을 겁니다. 재밌는 건 1990년대 제가 〈은어낚시통신〉을 처음 읽었을 때는 꽤나 어두운 분위기의 세기말적인 작품이었다는 인상이 있었는데, 지금 와서 보면 와, 대단히 희망적인 시대였구나, 라는 생각이 절로 든다는 겁니다. 지금이 그때보다 국민 소득도 높고 국가 위상이 훨씬 좋아졌는데도 불구하고 말이죠. 하여간 이런 소소한 재미를 느낄 수 있다고 제 소설이 아닌 〈은어낚시통신〉을 열심히 광고하고 싶네요. 어차피 여기까지 읽으셨다면 제 단편은 읽으실 예정이거나 읽으셨을 테니 말입니다.

이 정도면 작가의 이런저런 사설들은 충분한 것 같습니다. 가능하면 작품을 즐기시는 데 방해가 될 만한 것들을 빼고 최대한 솔직히 적으려 노력했는데 어떻게 읽힐지는 잘 모르겠습니다. 밀려 있는 여러 다른 일들을 처리하고 이 책이 독자들의 손에 있을 때쯤에는 작가 태업을 선언하고 자유롭게 놀고 싶은데(그동안은 여행 다니면서도, 휴일에서도 계속 글을 썼습니다. 정말 징그럽죠) 단편집 말고도 정리해야 할 일들이 밀려 있어서 정말 그럴 수 있을지 잘 모르겠습니다.

쓰는 사람은 재밌게 썼던 글이니 어쨌거나 재밌게 보셨으면 좋겠습니다. 부부 금슬이 좋아지셨다는 기적 같은 일은 이번 소설집을 읽고 일어날 것 같지 않습니다. 다만《자기 개발의 정석》역시 그런 의도로 썼던 건 아니었으니까. 혹시 모르죠.

최대한 다양하게 준비했으니 하나쯤 맘에 드시는 단편이 있었으면 좋겠습니다. 길게 주저리주저리 많이도 떠들었네요. 그저 내내 건강하시길 바라마지 않겠습니다.

2019년 봄

임성순

수록 작품 발표 지면

몰:mall:沒 — 《릿터》 5호 2017 4/5

회랑을 배회하는 양떼와 그 포식자들 — 《문장 웹진》 2017년 9월호

계절의 끝 — 《육식주의자 클럽》 (해피북스투유, 2018)

사장님이 악마예요 — 미발표작

불용(不用) — 미발표작

인류 낚시 통신 — 《자음과모음》 2011년 가을호